新 潮 文 庫

デイジー・ミラー

ヘンリー・ジェイムズ
小 川 高 義 訳

新 潮 社 版

11436

デイジー・ミラー

I

ヴェヴェーというスイスの小さな町に、とりわけ快適なホテルがある。もちろん観光を業とする町のことで、ホテルは多い。旅人には湖畔の町として記憶に残るだろう。いかにも青々とした湖は、いわば必見の景勝である。湖岸には宿泊施設が途切れることなく建ちならぶが、その業態としては各種各様。たとえば新式の「グランド・ホテル」なら、白亜の前景を見せて、バルコニーが百もあろうかというほどで、屋上から十数本の旗が突き出しているのだが、一時代前の小ぶりなスイス風の「ペンション」であれば、ピンク色か黄色の壁に、ドイツ文字の屋号が記されて、庭園の片隅には、あまり洒落《しゃれ》ているとも言いがたい東屋《あずまや》が置かれている。ところが、そんなヴェヴェーの町にあって、さる老舗《しにせ》として知られたホテルが古典的なまでの佇《たたず》まいを見せながら、その贅沢《ぜいたく》と熟成を両立させた風格により、近隣の後発組とは一線を画しているのだった。この地には、六月ともなると、アメリカ人の客が激増する。そんな季節のヴェヴェーは、水辺の行楽地として、どこかアメリカの町になったような観を呈すると言えよう。見えるもの、聞こえるものに、ニューポートやサラトガと重なる印象が出てくるのだ。いわゆる「スタイリッシュ」な若い娘がひょいひょいと身軽に行き交い、モスリンのひだ飾りが衣擦《きぬず》れの音を立てて、朝のうちからダンス音楽が鳴って、高調子に張った声が絶え間なく聞こえる。というようなことが、〈トロワ・クロンヌ〉すなわち「三つの王冠」という名前の高雅なホテルにあっても生じるので、いつとも知らぬ間にアメリカに移動して、〈オーシャン・ハウス〉なり〈コングレス・ホール〉なりに投宿したのかと錯覚しそうになる。もちろん、そればかりではない、とも言っておかねばならない。さすがに土地柄が異なると思わせる現象も見られるのであって、たとえばドイツ人のウエーターは公使書記官のような整った身なりであり、ロシア貴族の娘が庭園に坐《すわ》っていることもあり、ポーランドの少年紳士が家庭教師に手を引かれて散歩する姿もある。ここから遠望すれば、雪の消えないダン・デュ・ミディの山頂を、またシヨンなる古城の塔の美景を、目に収めることができる。

　さて、いまから二年か三年は前のこと、あるアメリカの青年が〈トロワ・クロンヌ〉の庭園に坐っていた。所在なげに周囲を見ている彼の胸中に、右のような麗《うるわ》しき風物がいかなる形で浮かんだのやら定かではない。案外似ていると思ったか、やはり違うと思ったか、どのような見方をしたにせよ、すばらしい夏の朝だったから、心を惹《ひ》かれるものはあっただろう。青年は前日にジュネーヴから来ていた。このホテルに滞在する伯母に会うべく、ジュネーヴ暮らしの長くなっている彼が、小型の蒸気船で湖を渡ったのである。ところが伯母は頭痛がするとのことで――これは持病と言うしかないのだが――自室に閉じこもって樟脳《しょうのう》の香気を吸っているだけであり、彼には自由な散策の時間ができてしまった。この年、彼は二十七歳。友人たちに言わせれば、ジュネーヴで「学問をしている」ということになったろう。もし敵対的に評すれば――いや、敵のいるような男ではない。徹底した好人物であって、誰に聞いても評判が良かった。私からは一つだけ簡単に述べておくにとどめよう。彼がジュネーヴを離れたがらない理由を云々《うんぬん》する説は確かにあったのである。すなわち同地に在住していた異国人で、また年上でもある女性への思慕に徹しているからだと証言する声も聞かれていた。この女性を見知っていたアメリカ人はきわめて少ない。あるいは皆無ではなかったか。とかくの噂《うわさ》がつきまとう人だった。とはいえウィンターボーン青年がカルヴァン派の牙城《がじょう》たる歴史の町に愛着を覚えていたのは、近年だけのことではない。もともと初等教育から高等教育まで、ジュネーヴの学校で受けていた。当然ながら、多くの友人を得ることにもなって、そのまま長続きした交流も相当にある。彼にとっては、おおいに喜ばしいことだった。

伯母の部屋をノックして、その不調を知らされた彼は、しばらく町をぶらついてから、朝食を済ませておこうと戻ってきた。それも終えてしまって、いまは小ぶりなカップでコーヒーを飲んでいる。見かけは公使館員のようなウエーターが、庭園の小卓に運んでくれたものだ。そのコーヒーも飲み終えて、彼はシガレットに火をつけた。ほどなく園内の道をやって来る子供がいた。九歳か十歳、という年齢のわりには、どうにも小柄な男の子である。ひねこびた表情を浮かべて、肌の色が薄くぎすぎすした顔立ちをしていた。膝丈《ニッカーボッカー》の半ズボンと靴下の間にのぞく脛《すね》だけを見ても、ひょろっと細いことは充分にわかった。靴下は赤い。胸元に広がるネクタイも、あざやかな赤い色をしていた。手に持っているのは登山用の長い杖《つえ》で、歩いていて近づくものには、その石突きを向けようとする。花壇も、ベンチも、女性客が長く引くドレスの裾《すそ》も、手当たり次第に、杖の先で突きたがっていた。この子がウィンターボーンの前まで来て立ち止まり、きらりと射るような目つきをした。

「お砂糖一つくれない？」きつく尖《とが》った声を出す。子供っぽいのだが、なぜか子供らしいとは思われなかった。

ウィンターボーンは傍らの小卓に目をやった。コーヒー用に運ばれた砂糖が、まだ余っている。「いいよ。一つだね」と言ってやった。「本当は子供には良くない」

すると子供は進み出て、欲しかったものを慎重に選びながら三個も手にすると、二つは半ズボンのポケットにしまい込み、あとの一つも、ただちに、しかし別の行き先へ、ぱくっと放り込んだ。登山の杖をウィンターボーンの坐るベンチに鎗《やり》のように突き出しておいて、口に入れた砂糖の塊をがりっと噛《か》もうとする。

「わ、何だこれ、かたぁい」と、思わず発した音声には、紛れもないお国ぶりが聞かれた。

どうやらアメリカの同胞たるお坊っちゃんと思ってよさそうだ。「そう、硬いから、歯を痛めないように」父親めいた言い方になった。

「どうせ歯はなくなるんだ。どんどん抜けちゃって、いまは七本だけ。きのうの夜、母さんが数えたら、すぐまた一本抜けた。これ以上抜けたらひっぱたくなんて言われたけど、しょうがないよね。ヨーロッパなんていう旧世界が悪い。だから抜ける。アメリカじゃあ抜けなかった。ホテルがいけないのかな」

　ウィンターボーンは愉快になった。「じゃあ、砂糖を三つも食べたら、ひっぱたかれること請け合いだ」

「それならキャンディをもらいたいよね」なかなか口が達者である。「こっちには全然ないんだ。アメリカのがない。キャンディはアメリカのが一番」

「男の子もアメリカが一番、かな？」

「どうだろ。ぼくはアメリカだけど」

「上等だってことはわかる」ウィンターボーンは笑った。

「おじさんもアメリカの人？」はきはきした子供が聞きたがる。そうだと答えてやったら、ずばり「男はアメリカが一番」と言いきった。

うれしいことを言ってくれるね、と応じた。子供は登山の杖にまたがるような格好で、あたりを見回しながら、二つ目の砂糖を囓《かじ》ろうとしている。ウィンターボーンは昔の自分もこんなだったろうかと思った。ヨーロッパへ連れてこられたのは、似たような年齢でのことだった。

「あ、お姉ちゃんだ」ほどなく子供が声を上げた。「女のアメリカ人」

ウィンターボーンが小道に目をやると、うら若き美人の近づいてくる姿があった。

「若い娘もアメリカが一番かな」彼は子供を相手に軽口をたたいた。

「あんなの一番じゃないよ」子供はあっさり言い返す。「ぶうぶう文句言ってばっか」

「叱《しか》られるようなことをしてるってことかな」ウィンターボーンは言った。その間にも、若い女がだいぶ近くまで来ていた。白いモスリンの服には、ひらひらの飾りが大量について、淡い色のリボン結びをあしらっている。帽子はかぶっていないのだが大きな日傘を差していて、その傘の縁取りにたっぷりと幅をとって刺繡《ししゅう》を施してあった。それにしても目を奪うような、みごとなまでに愛らしい娘である。「きれいな姿ではないか」と思いつつ、ウィンターボーンは、ほとんど腰を浮かすようにまっすぐ坐り直した。

そのベンチの手前で、若い女は足を止めた。庭園の手摺壁《てすりかべ》からも遠くない、湖の展望が開けた場所である。すでに少年は、登山杖を棒高跳びのように砂利の地面に突き立てながら、砂利を蹴散《けち》らして跳ねまわっていた。

「ランドルフ」若い女が弟に言った。「もう、何やってるの」

「山登り。こうやってアルプスに登る」もう一度ぴょんと跳ねた拍子に、小石がウインターボーンの顔の高さに飛び散った。

「登るというより、落ちてくる」ウィンターボーンは言った。

「やっぱりアメリカの人だってさ」ランドルフが、きんきんした声で言った。

若い女は伝えられたことには耳を貸さず、じっと弟を見ていた。「いいから、もうちょっと静かになさいな」と、それだけを言う。

一応は紹介されたらしく思えたので、ウィンターボーンは立ち上がり、シガレットは投げ捨てて、少しずつ娘との距離を詰めていった。「いま弟さんと知り合いになりましてね」これは丁重に言った。ジュネーヴでは若い男が未婚の娘に話しかけることに憚《はばか》りがある。それくらいは重々承知していて、よほどに稀《まれ》な条件がそろった場合でなければ無理なはずだが、こうしてヴェヴェーに来てみたら、これ以上ないような条件ができた。きれいなアメリカ娘が庭園に現れて、すぐ目の前に立っている。しかしながら、きれいなアメリカ娘は、いまウィンターボーンの発言を聞いただろうに、わずかに目を投げてきただけで、すぐに顔をそむけると、手摺壁を越えた湖と、その対岸の山々を見たのだった。いささか出しゃばったかと彼は思ったが、ここは引っ込むよりも押していこうと腹をくって、では次に何を言おうと考えているうちに、この娘はまた弟に向いていた。

「そんな杖、どこから持ってきたの」

「買ったんだ！」

「まさかイタリアまで持って行くんじゃないでしょうね」

「行くよ、これはイタリアまで持ってく」子供はきっぱり言ってのけた。

若い娘は着ているドレスをざっと見て、リボンの結び目を一つ二つ直すと、また湖の風景に目を移したが、いくらか間があって、「そんなの、どこかに置いていきなさいな」と言った。

「イタリアへ行かれるんですか」ウィンターボーンは敬意のある言い方を心掛けた。

また娘がちらりと振り返った。

「あ、はい」という答えはあったが、それだけだ。

「というと、あの、シンプロン峠を越えて？」ウィンターボーンは戸惑いながら問いを重ねた。

「どうなんでしょ。山越えだとは思うけど。ランドルフ、どこの山を越えるんだっけ？」

「どこ行くのに？」子供は突っかかるように言った。

「イタリアだよ」ウィンターボーンが教えてやった。

「どうなんだろ。イタリアなんて行きたくない。アメリカがいい」

「おや、イタリアってのは、すばらしい国なんだが」

「イタリア行ったらキャンディある？」ランドルフがやかましく知りたがった。

「ないといいわね」姉は言う。「もう食べるだけ食べたでしょう。母さんだって、そう思ってる」

「ここんとこ、ずうっと食べてない。もう百週間くらい！」と大騒ぎしながら、まだ少年は飛び跳ねていた。

若い女はひらひらしたドレスとリボンの具合が気になるようだ。ウィンターボーンは思いきって、ここは風景がいい、という話を切り出してみた。すでに戸惑いは薄れてきている。この娘自身にそんな気配がまったく見えていないのだ。かわいらしい顔はそのままに、さきほどから顔色一つ変えていない。気を良くしたのでも悪くしたのでもなさそうだ。話の最中にあらぬ方角を見やったりして、とくに聞いているとは思われなくても、いつもこんな調子というような、身についた行動にすぎないのだろう。しかし、いくらか話を進めて、ここから見える名所を挙げてやったら、いずれも初耳のように反応しながら、だんだんと彼に目を向けることが多くなった。そして、その視線には、遠慮や気兼ねが一切見受けられなかった。といって、いわゆる不謹慎とされるような目つきではなく、いかにも曇りのない清新な目をした娘なのだ。すばらしくきれいな目である。いや、それどころか、この同国人たる美女の、肌色、鼻筋、耳朶《みみたぶ》、歯並び、という顔立ちのどこを取っても、こんなにきれいなものを見たのは、ウィンターボーンにはもう久しぶりなのだった。彼は女性が美しいのは結構なことだと思っていて、女性美の観察分析には余念がない。この若い娘についても、いくつかの観察があった。まず顔に動く表情は、つまらないということは絶対にないのだが、さりとて妙味があるとまでは言えない。たしかに抜群の美形だけれども、いまだ最後の仕上げには欠けている。ウィンターボーンは心の中で、やや辛口に——といって責めるのではなく——そのように評した。またランドルフ坊っちゃんの姉上には、案外、男の気を引く素質もありそうで、それなりに芯《しん》の強さがあるのも間違いない。といって、かわいらしく晴れやかなだけの顔つきに、皮肉や嫌味がひそんでいるとは思われない。ほどなく、なかなか話し好きであることがわかった。冬はローマで過ごす予定であって、母親およびランドルフとの三人旅ということだ。「ほんとのアメリカ人なんですか」と彼に言った。言われなければわからなかったそうだ。なんだかドイツ人みたい——と、さすがに少々は遠慮しながら、しゃべり方のせいでしょうかとも言った。ウィンターボーンは笑いを誘われて、アメリカ人のように話すドイツ人なら会ったこともあるが、ドイツ人のように話すアメリカ人というのは、いまだかつて知らないと答えた。それから、いま彼自身が立ったばかりのベンチに、よろしければお掛けになると楽でしょうと誘った。彼女は立って歩いているのがいいんですと言ったものの、ほどなく腰を下ろした。ニューヨーク州（「おわかりですかしら」）から来ていると言う。また、ちょろちょろ動きたがる弟をつかまえて、数分間おとなしく立たせたので、そこから見当のついてくることも多かった。

「ええと、きみの名前は」

「ランドルフ・C・ミラー」とんがった声で返事があった。「でもって、お姉ちゃんの名前は」子供は登山杖の先を姉に向ける。

「そんなこと、まず聞かれてから言うものよ」若い女はあわてなかった。

「ぜひお伺いしたいですね」

「お姉ちゃんは、デイジー・ミラー」子供が声を上げた。「でも、ほんとは違う。名刺に書いてあるのが、ほんとの名前」

「わたしの名刺なんて持ってないでしょうに」

「ほんとはアニー・P・ミラーっていうんだ」弟はおしゃべりを続ける。

「こちらのお名前を聞いたら？」姉はウィンターボーンに話を向けようとした。

だがランドルフはその方面には無頓着《むとんちゃく》で、もっぱら自分の家に関わる情報を続々ともたらしてくれた。「うちの父さんはエズラ・B・ミラー」と、しっかり伝える。「ヨーロッパには来てないんだ。もっといいところにいるから」

そうと聞いたウィンターボーンには、このように言うのだと教えられたのかもしれないという、とっさの判断が働いた。もう地上を去って、天国に召された人なのだろう。しかし、すぐに次のことを聞かされた。「スケネクタディにいるよ。大きな会社をやってる。お金持ちなんだよね」

「あら！」ミラー嬢はつい口に出してしまって、日傘を斜めに下げて、刺繍した縁取りを見ていた。まもなくウィンターボーンが子供を解放してやったので、この子は登山杖をずるずる引きずって遠ざかった。「ヨーロッパが気に入らないみたい」若い娘は言った。「帰りたいって言うんです」

「スケネクタディへ帰る？」

「ええ。すぐにでも帰国したがってます。こっちには友だちになる男の子がいなくて。一人だけ、いることはいるんですが、その子には先生がつきっきりで、遊ばせてもらえないんです」

「弟さんは、先生がいない？」

「ええ、母もどなたかにお願いして、旅に同行していただけるようにと思ったんです。いい先生の心当たりがあるという方がいらして、あの、アメリカのご婦人なんですが、おわかりになりますかしら、サンダースさんていうんですけど、たしかボストンのご出身だとか。ともかく、その先生のことを伺いましたので、だったら来ていただけないかと思ったのに、ランドルフがいやがったんですよ。先生と一緒の旅なんていやだ、列車の中で勉強させられたくない、なんて言いまして。まあ、たしかに、旅なんて、半分は汽車に乗りに来たようなものですね。あるイギリスのご婦人と乗り合わせたことがあって、おわかりになりますかしら、たしかフェザーストーンさんていう名前でしたが、じゃあ、お姉様が教えてあげればいいのに、っておっしゃるんです。ご指導なされば、なんていう言い方をされました。でも、どっちかというと、わたしが弟に指導されてしまいそう。あの子、頭がいいから」

「ええ、そのようでしたね」

「イタリアへ行ったら、すぐに先生を見つけようって母が言うんです。イタリアって、いい先生いるんでしょうか」

「それはもう、いると思いますよ」

「さもなくば学校をさがすかもしれません。やっぱり勉強はさせませんとね。まだ九歳ですし、いずれ大学へも行かせるんで」というような調子で、家族について、そのほかの事柄について、ミラー嬢の話が弾んだ。きわめて美しい手にきらきらと指輪を光らせ、その手を膝《ひざ》の上に重ねて坐っている。きれいな目はウィンターボーンの目を見たかと思うと、庭園に飛んで、通行人を見やって、絶景をながめた。ずっと以前からの知り合いのような口ぶりで、ウィンターボーンに話しかけてくる。それが心地よかった。こうまで若い娘がしゃべるのを、もう何年も聞いたことがなかった。見ず知らずの娘が、たまたま寄ってきて、ベンチにならんで坐っている。おしゃべりな女だと言えば言えるのかもしれない。しとやかに坐った姿はなかなか麗しいのだが、口と目だけは片時も止まることがなかった。その声はすっきりした柔らかみが好ましく、まったく気の置けない話しぶりになっている。どこをどう旅してきたのかというヨーロッパ道中記を、母と弟の分まで引き受けたようにウィンターボーンに語って聞かせ、とりわけ各地で泊まったホテルのことを丹念に話していた。「列車に乗っていたイギリスのご婦人――フェザーストーンさんですけど――あの方が、アメリカではホテル住まいがあたりまえなんですか、なんて言われるんで、わたし、そんなことないです、こっちに来るまで、これだけホテルに泊まったことありません、て言ったんですよ。こんなにたくさん見たこともありませんもの。ヨーロッパってホテルだらけなんですね」などと言いながらも、愚痴っぽい口吻《こうふん》にはなっていない。何につけ、すっかり面白がっているらしい。ホテルって慣れるとすごくいいものだ、ヨーロッパは文句なしにすてきだ、という感想を明かしていた。来てみたら違ったということは全然ない。それだけ充分に話を聞いていたのかもしれない。仲のいい友だちで何度もヨーロッパ旅行をした人が何人もいる。それにドレスやら何やら、パリからの舶来品をたくさん持っている。パリのドレスなんて、身に着けただけでヨーロッパの気分になれる……。

「魔法の帽子みたいですね」ウィンターボーンは言った。

「ええ」ミラー嬢は、かぶっただけで願いがかなう帽子、という魔法の趣旨には立ち入らず、「いつも来たいと願ってました」と言った。「でもドレスのためなら来るまでもなかったんですね。かわいいのはアメリカ向けに積み出すんでしょう。こっちで見かけるドレスはひどいのばっかり。でもヨーロッパに来て、おかしいと思うのは社交界ですね。そういうの、ないんですよ。まあ、ないというか、どこに引っ込んでるのかしら。そうでしょ？　ないことはないと思うんですけど、ちっとも見えてきません。わたし、すごく社交的ですから、いろんな人とお付き合いしてます。スケネクタディだけじゃなくて、ニューヨークでもそうなんです。いつも冬になるとニューヨークで社交に出てました。去年の冬は十七回もディナーを開いてもらったんですよ。そのうち三回は男の方が主催してくださって」と言ってから、デイジー・ミラーはわずかに間をおいて、すぐに話を続けている。「お友だちの数は、スケネクタディよりニューヨークのほうが多いかも。男性でも女性でも——」また一瞬の間があって、よく動く目にも、明るく笑ったきりのような顔にも、愛らしさを全開にしたまま、ウィンターボーンの顔を見ていた。「男の方とのお付き合いだって多かったんです」

ウィンターボーンには、愉快でもあり、不思議でもあり、また何と言っても魅力のあることだった。若い娘がこんな形で自分の話をするのを聞いた覚えはない。そんなことをしたら、だらしない女であるとわざわざ言いふらしているのにも等しい。それでは、それなら、このデイジー・ミラー嬢を非難したくなるだろうか。ジュネーヴで言う「不品行《アンコンデュイート》」があるとか、あるのかもしれないとか、そんなことを考えるだろうか。このとき彼は、ジュネーヴでの暮らしが長くなった自分には、失ったものも多いのだという気がした。こんなアメリカの調子とは、すっかり縁遠くなった。いや、ものが分かる年齢になってから、こうまでアメリカらしさを発揮するアメリカ娘にはお目に掛かったことがない。そこに魅力があるのは確かだとして、よくもまあ社交好きであることだ。ニューヨーク州に育った屈託のない娘、というだけのことなのかどうか。そういう若い女には、男との交際はあって当たり前なのだろうか。それとも胸中に何やらの計算がある図太い娘でもあるのだろうか。ウィンターボーンはそのあたりの勘が鈍っている。また理屈で考えてわかることでもなかった。デイジー・ミラー嬢は見たところ天真爛漫《らんまん》そのものだ。何だかんだ言って、アメリカ娘とはひたすら純朴なのだとも、案外そうではないのだとも聞いている。人の話とはそんなものだが、彼自身はデイジー・ミラー嬢を見ながら、ただのお転婆娘《てんばむすめ》だろうと考えたくなっていた。かわいらしいアメリカ産のお転婆だ。そういう種類の若い女性とは、従来、まったく関わり合うことがなかった。ヨーロッパには彼にも知っていたと言える女が二、三人はいる。いずれもデイジー・ミラー嬢よりは年上で、既婚という体裁になっていながら、男のあしらいは慣れたもので、うっかり付き合うと痛い目を見ることになりかねない強豪だった。しかし、いま目の前にいる娘は、男に慣れているとしても、そういう意味ではない。まるで世間ずれしていないのだ。アメリカのお嬢さんが遊んでいるにすぎない――。というようにデイジー・ミラー嬢の素性らしきものを鑑定して、ウィンターボーンは気が楽になった。ベンチの背にもたれて、こんなに鼻筋のきれいな顔は見たことがないと心中に独言《ご》ちた。かわいらしいアメリカ娘と気軽に付き合えるとしたら、どんな条件や限界があると考えるべきなのか。そう思っていたら、わかるかもしれない道が開けてきた。

「あの古いお城、行ったことあります?」若い娘は日傘の先をシヨン城に向けた。遠くの城壁が光に映えている。

「ええ、以前に、何度か」ウィンターボーンは言った。「もうご覧になったのでは?」

「まだなんですけど、わたし、すごく行きたいと思っていて、すっかりその気になってます。あれを見ないうちは、どこへも行きません」

「ここから足を伸ばすには、うってつけの名所ですね。交通の便も悪くない。馬車で行けますし、小型の蒸気船も出ます」

「鉄道も通ってますよね」

「そう、鉄道もあります」

「案内人に聞いたら、お城のすぐ近くまで乗っていけるって言うんで」若い娘は、この話を続けた。「先週、行くところだったんです。でも、母が具合を悪くして。消化不良がひどいんですよ。それで行かれないなんて言い出したら、ランドルフまで僕も行かないなんて言うんです。古城なんかどうでもいいって。でもランドルフさえその気にさせれば、今週には行けると思ってます」

「弟さんは、名所旧跡には関心がない？」ウィンターボーンは、にこやかに言った。

「あんまり面白くないんですって。まだ九歳ですからね。ホテルにいるほうがいいみたい。でも一人では置いとけないって母が言いますし、案内人は弟と二人で残ってくれるものではありませんし。結局、たいした観光ができてないんです。でも、あれは見ないといけませんよね」ミラー嬢はもう一度、日傘の先をションン城に向けた。

「どうにかなりそうな気はしますが」ウィンターボーンは言った。「たとえば、午後から半日でも、ランドルフの付き添い役を見つける——」

ミラー嬢はふと彼に目を合わせてから、あわてず騒がず、「お引き受け願えるといいんですけど」と言った。

ウィンターボーンに一瞬のためらいがあった。「それよりは、シヨン城へご同道しましょうか」

「わたしと？」それでも若い娘はあわてない。

ぱっと頬を染めて立ち上がるというのではなかった。そのあたりはジュネーヴの若い娘とは違うのだが、ウィンターボーンは厚かましいことを言ったという自意識があるだけに、やはり怒らせたのかもしれないと思った。「お母さんもご一緒に」これは礼節を重んじたつもりだ。

しかし、厚かましかろうが、礼を尽くそうが、デイジー・ミラー嬢はまるで意に介さないようだった。「どうせ母は行かないでしょう。午後から出かけたがる人ではないので。あの、いま言ったこと、ほんとなんですか。ほんとに行ってくれますか」

「ええ、喜んで」ウィンターボーンはもう迷うことなく言った。

「だったら相談なんですけど、もし母がランドルフと残るのであれば、ユージニオもそうするだろうと思うんです」

「ユージニオ？」

「案内人。いつもランドルフと居残るのはいやがるんですよ。あんなに細かいこと言う人いません。旅の段取りをつけるのは優秀なんですけどね。でも母がいるなら一緒に留守番してくれるでしょう。わたしたち、お城へ行けます」

ウィンターボーンは、できるだけ冷静な頭で、一瞬の思考をめぐらした。「わたしたち」というのは、デイジー・ミラー嬢と彼自身の二人だけ、ということでしかなかろう。いくら何でも話がうますぎるような気がして、お嬢さんの手にキスをするくらいの場面ではないかとさえ思った。そんなことを敢行して、せっかく見えてきた筋書きを壊してしまったかもしれないところに、ひょっこり登場したのが、おそらくユージニオであろう男である。長身で、押し出しがよい。頰に堂々たる髯《ひげ》を生やして、ビロードのモーニングコートを着用し、懐中時計の鎖をきらきら光らせていた。ミラー嬢に近づきながら、その隣のウィンターボーンに鋭い目を配っている。ミラー嬢は「あら、ユージニオ」と、いかにも慣れ親しんだように声を掛けた。

ウィンターボーンに目を這《は》わせていたユージニオが、ミラー嬢にはまじめくさって一礼した。「マドモワゼル、ご昼食が整いましたことをお知らせいたします」

ミラー嬢はおもむろに立ち上がった。「ねえ、ユージニオ、わたし、あのお城へ行くことにしたわよ」

「シャトー・ド・シヨンでございますか？　ご自身で手配なさったので？」不躾《ぶしつけ》な言い方をするものだとウィンターボーンは思った。

そんな語調は、ミラー嬢本人の耳にも、いささか皮肉な言われようだと聞こえたらしい。ウィンターボーンに向けた顔には、わずかに――ほんの少しだけ――上気した色が見えた。「いまさら、いやとは言いませんでしょ？」

「こうなったら私だって引き下がりません」

「このホテルにお泊まりなんでしたっけ？　ほんとにアメリカの方ですわね？」

案内人はウィンターボーンに嶮《けん》のある眼差《まなざ》しを向けていて、それはまたミラー嬢に非難がましくもある。少なくともウィンターボーンには、そのように思えた。こうして男を引っ掛けるのですかと言わんばかりなのだ。彼は伯母を心当てにしながら、「では、しかるべき人をご紹介させていただくと申し上げます。私がどういう者か、きちんとお知らせすることもできましょう」と、にこやかに言った。

「じゃあ、近いうちに出かけましょうね」ミラー嬢はにっこり笑って背を向けた。日傘を差して、ユージニオとならんでホテルの建物に戻ろうとする。ウィンターボーンは、ふわふわしたモスリンの裾を砂利道に引いて去っていく後ろ姿に、こうして見ると貴族の娘とも変わらないではないかと思っていた。

II

　さて、そんな約束をしたのはよいが、なかなか思惑どおりにはいかなかった。伯母のコステロ夫人をデイジー・ミラー嬢に引き合わせることは、意外に難事だったのである。彼は夫人の頭痛が治まった頃合いに、その部屋を訪れて、とりあえず見舞いの挨拶《あいさつ》をしてから、このホテルにアメリカ人の親子連れ、つまり母親、娘、まだ小さい息子という三人がいることはご承知でしょうかと言った。

「もう一人いますね？　旅の便宜に雇われている」コステロ夫人は言った。「ええ、承知してますよ。そうと見て、声も聞いて、なるべく関わらないように――」この夫人は資産に恵まれた未亡人で、なかなかの女傑である。ひどい頭痛持ちでさえなかったら、もっと時代に名を刻めたのに、ということを自分から言葉の端々に匂《にお》わせていた。その顔は細長く、血色に欠ける。鼻が高くせり上がる。とりわけ人目に立つのは、ふさふさの白髪だろう。大きな白いロールをいくつも頭に載せたようだ。ニューヨークには二人の息子がいて、どちらも妻帯している。もう一人いるのだが、その息子だけはヨーロッパに来ていて、いまはホンブルクなる保養地で遊んでいる。しかし、どうせ周遊の途次にあるというのに、母親が出てきて、どこかの町に滞在すると決めると、その町には姿を見せることがないのだった。そんなわけで、わざわざヴェヴェーまで会いに来ようという甥《おい》がいるなら、直近の身内よりも、よほどに親身だわ、ということだ。ウィンターボーンには、伯母は大事にするものだという、ジュネーヴ仕込みの感覚がある。もう何年も会わなかった甥が訪ねてきたことを是としたコステロ夫人は、その喜びの発露として多弁になり、アメリカにおける社交の中心地でいかに羽振りがよいか——ということを言いたいらしく——大物ならではの裏話をたっぷりと語って聞かせた。もっとも実際に人付き合いがあるのは、ごく限られた範囲でしかない。ニューヨークの様子を知れば、そうならざるを得ないのもわかるだろう、ということだ。伯母の話に描き出されるニューヨークの社交界は、細かく分かれた階層社会のようである。そんな事情をさまざまな側面から聞かされるウィンターボーンは、たいしたものだ、息苦しいくらいだ、と思っていた。

伯母の言葉つきからして、デイジー・ミラー嬢が社交界の序列で下位にいることは、ただちに察せられた。「あまり芳《かんば》しくありませんか？」

「どこの馬の骨かというのですよ」コステロ夫人は言い放った。「同じアメリカ人であっても――ああなると受け入れがたいと思うのが、当然の態度でしょう」

「はあ、受け入れがたい、ですか？」

「あたりまえでしょ、フレデリック。その気があったとしても、無理なものは無理」

「たいした美人でしたが」ウィンターボーンは、わずかに間を置いて言った。

「そりゃまあ、そうだけども。およそ品位がない」

「ええ、おっしゃることはわかります」ウィンターボーンは応答に手間をかけている。

「ああいう顔立ちは――」伯母が話を続けた。「みんな似たように可愛《かわい》いのよね。どうしたら、ああなるのやら。それにまあ、着るものに徹底してこだわって――そう、あれはねえ、よくやると思いますよ。ああいう趣味はどこで覚えるのか」

「お言葉ながら、いくら何でも、蛮族の娘ってわけじゃありません」

「あのお嬢さん、母親が雇った男と、やけに親しいっていうじゃありませんか」

「案内人と親しい？」青年は、つい語気を強めた。

「また、母親も出来が悪い。雇い人なのに友だち扱いというか、紳士待遇なんだもの。食事だって同席させるんじゃないかしらね。ああいう男、きっと初めて見たんでしょう。それなりの行儀を心得て、立派な服を着て、紳士然としてるからね、若い娘には伯爵《はくしゃく》様みたいに思えるのかもしれない。あの男、夕方になると、庭園で一緒になって坐《すわ》ってますよ。煙草《たばこ》を吸うらしい」

ウィンターボーンは耳寄りな話だと思って聞いていた。言われなければわからないことで、デイジー嬢をどのように見るかという参考になる。どうやら奔放なところがありそうだ。「僕だって、案内人ではありませんが、ずいぶん愛敬《あいきょう》を振りまいてもらいましたよ」

「だったら初めからおっしゃいなさいな」コステロ夫人は一向に動じない。「もうお知り合いになったということね」

「庭園で出会ったというだけです。少々は話をしました」

「……というだけって、あなた、それで何の話をしたの」

「ですから、ちゃんとした伯母がおりますので、ぜひ紹介させていただきたい、と」

「そりゃ、ありがたいお話だわ」

「僕の身元が保証されるだろうということです」

「じゃあ、あちらの保証はどうなるの？」

「手厳しいですね。いい娘ですよ」

「冗談なら冗談らしく言いなさい」

「もちろん教養なんてものはないでしょうが、たいした美人ですし、まあ何というか、いい娘なんです。ただの冗談ではないということで、今度、シヨン城へ連れていってみようと思ってます」

「二人で出かける？　それこそ冗談にしかなりませんよ。だって、その楽しそうな計画ができあがるまでに、あなた、どれだけ時間があったの。ここへ来てからでも、まだ二十四時間とはたっていないでしょうに」

「三十分は知り合ってました」ウィンターボーンは、にやりと笑った。

「何とまあ！」コステロ夫人が声を上げた。「とんでもない娘がいたものだわ」

　すると、しばらく黙っていた甥が、真顔になって、確実なことを聞きたいように、「では、やはり」と言いかけたものの、「どうお考えかというと、やはり――」と、また言いさした。

「お考えって、わたしが何を？」伯母が言った。

「ああいう娘は、いずれ男につかまえてもらう算段なのだろう――というような」

「その手の若い女が男にどうされたいつもりなのか、わたくしなど、まるっきり存じませんけどね。ともかく、あなたの言う無教養なアメリカ娘なんてものとは、下手に関わり合ってはいけませんよ。すっかり外国暮らしが長くなったのねえ。どこかで大間違いをしでかしそう。あなたは世間を知らないから」

「いや、そんな、僕だって何も知らないわけじゃありません」ウィンターボーンは苦笑いで、口髭《くちひげ》をひねっていた。

「じゃあ、世間の垢《あか》にまみれたとでも？」

　ウィンターボーンは、思うことありげに、なおも髭をひねりながら、「……どうしてもお会いになることはない？」

「二人でション城へ行くっていうのは、本当に本当なの？」

「あちらは、すっかりその気でしょう」

「なるほど、そういうことなら」コステロ夫人は言った。「お知り合いになることは遠慮させてもらいましょう。わたしも年は取りましたが、おかげさまで、そこまで平気でいられるほど耄碌《もうろく》してはいませんよ」

「はあ、しかし、アメリカでは普通なのではありませんか。若い娘はそんなものだというような――」

コステロ夫人は、えっ、と驚いた目になった。「自分の孫娘がそうなるんなら、見てみたいね」と凄《すご》みをきかせる。

これもまた参考になるかもしれないとウィンターボーンは思った。彼の従姉妹《いとこ》にあたるニューヨークの美人たちには「ひどく派手な交際がある」と聞いたような覚えがある。だとしたら若い女性には相当の自由度が認められているわけで、その基準さえ超えるらしいデイジー・ミラー嬢は、どんな行動をするかわからないことになるだろう。再会が待ち遠しいような気もしたが、それでいて自身の直感だけでは彼女を評価できるかどうか覚束《おぼつか》ないというもどかしさもあった。

そして待ち遠しいとは言いながら、もし会ったとしても、伯母の拒絶反応をどう話したらよいものか。そんな判断をつけかねていたのだが、まもなく、と言ってよい頃合いに、デイジー・ミラー嬢に対しては気を揉《も》んでいても仕方がないとわかることになった。その晩のうちに庭園で見かけたのである。暑さの残る星明かりの中で、ふわりと出てきた風の精のように、彼が見たこともない大きな扇子を揺らしながら、のんびり歩いていた。夜の十時である。とうに彼は伯母との夕食を終えて、しばらく座談に付き合ってから、では、おやすみなさい、と挨拶をして別れたのだった。ここに彼がいたことをデイジー・ミラー嬢はおおいに喜んだようだ。こんなに長ったらしい夜なんてあるのかと思っていたところだという。

「ずっとお一人だったのですか」彼は言った。

「母も散歩してました。でも、ちょっと歩くと、くたびれたなんて言って」

「もうお休みになられた?」

「あ、いえ。そうじゃないんです。いつも寝てない人なんで――せいぜい三時間、どうでしょうね。よく生きてるもんだって自分で言ってます。やたらに神経質ですから。まあ、案外、寝てるんじゃないかと思いますけどね。いまはランドルフをつかまえようとしてます。どうにか寝かせようとするんですが、あの子も寝たがらないんで」

「それは大変。うまくいくといいですね」

「さんざん言って聞かせるのに、とにかく母親に言われるのがいやみたい」デイジー嬢は扇子を大きく広げた。「だからユージニオに言ってもらおうとしてるんですよ。でも弟は平気でしょうね。ユージニオは案内役としては優秀ですけど、ランドルフには押しが利《き》かなくて。たぶん十一時頃まではだめでしょう」それからウィンターボーンはしばらくデイジーと散歩をしたのだが、このあたりで母親が出てこないということは、いまだランドルフは首尾よく就寝から逃げているのだろうと思われた。「ご紹介くださるという方を、どこかでお見かけするんじゃないかと思ってたんですが」と、ならんで歩くデイジーが言った。「伯母様なんですね」その通りだと答えたウィンターボーンが、どうしてわかったのか知りたそうでもあったので、コステロ夫人については部屋係のメイドからたっぷり話が聞けたのだと彼女は言った。すごく物静かで、お上品で、白い髪をくるくる巻いて、人に話しかけることがなく、食事は部屋でとるので食堂に出てくることもない。二日に一度は頭痛になる。

「聞いていて、とても面白かったです。頭痛とか何とか、そういうこと」デイジー嬢は、その細く華やかな声で、おしゃべりを続けた。「ぜひともお知り合いになりたいです。あなたの伯母様なら、どういう方でいらっしゃるのか、わかるような気がします。きっと好きになれます。ごく限られたお付き合いしかなさらないんでしょうね。そういう上品な人がいいです。自分でもそうなりたくてたまらない――というか、母もわたしも、そうなんです。誰とでもお話しするわけじゃなくて――あんまり話しかけられることもなくて。まあ、そんなようなことですよね。ともかく伯母様とお知り合いになれたら、ほんとにうれしいです」

そう言われると、ウィンターボーンは困った。「伯母も喜ぶとは思いますが、なにしろ頭痛に悩まされてましてね」

ぼんやりした暗闇《くらやみ》を透かして、若い娘が彼を見た。「いくら何でも、毎日っていうことはありませんでしょう」と思いやるように言う。

ウィンターボーンは言葉に詰まって、「毎日なのだそうですが」という答えにたどり着くしかなかった。

デイジー・ミラー嬢は足を止めて、彼に目を向けた。きれいな娘ぶりは闇の中でも見てとれる。あの大きな扇を開いたり閉じたりしていた。「わたしにはお会いになりたくないんですね」突然、そんなことを言う。「それならそうと言ってくだされればいいのに。かまいませんよ。平気です」くすっと笑う声も出た。

だが、その声が小さく震えたのではないかという気もして、ウィンターボーンは、これはしたり、まずいことをした、と悔やまれる思いだった。「いや、そうではなくて、もともと親しい人がいないのです。とにかく具合がよくない」

若い娘は、笑ったままに、いくらか先へ歩いた。「かまいませんよ」と、また同じことを言う。「会ってくださらなくても無理はないです」そして、また立ち止まった。もう手《て》摺《すり》の壁に迫っている。眼前には星明かりの湖があった。ほのかな光が湖面を覆《おお》って、遠くの連山がうっすらと稜線《りょうせん》を浮かばせる。この神秘の景観に目をやっておいて、デイジー・ミラーは、もう一度、小さな笑いを発した。「ほんとに、お付き合いを絞っている方なのね」と言った彼女が、冗談ではなく傷ついているのかどうか、ウィンターボーンは迷った。ふと一瞬、そうであればよいとさえ思った。安堵《あんど》させ慰《い》撫《ぶ》してやるのが似つかわしいような場面にならないか。やさしい言葉をかけながら、ぐっと近づいていけるかもしれない。そんな楽しい予感もあった。この際、気軽な口をきいて、伯母を悪者にしてやろうかと思わなくもない。なるほど気位が高くて大変な人ですが、そんなこと気にするまでもありません、とでも言ってみたくなった。ところが、そんな格好のよい不敬な態度をひけらかそうとした矢先に、また歩き出した娘が、声音を一変させて、びっくりしたように言った。「あら、母だわ！　まだランドルフを寝かしつけてないと思うんだけど」かなりの距離を置いて、女性らしき人影が暗闇の中でおぼろげに浮かび、そろりそろりと進んでくるように見えた。それが突然、動きを止めた。

「お母さんに間違いありませんか？　こんな暗がりでよくわかりますね」ウィンターボーンは言った。

「あら」デイジー・ミラー嬢は笑い声を上げた。「だって自分の母親ですもの。それに、わたしのショールを掛けてるんで！　しょっちゅう娘のものを持ち出すんです」

こうして話題の主となった婦人は、あやふやに立ち止まって、足を止めた地点から踏み出せなくなっていた。

「娘とは見えていないのかもしれない」ウィンターボーンは言った。「それとも

――」相手がミラー嬢なら、こんな冗談もよかろうというつもりで、「ショールを借用して気が咎《とが》めているとか」

「でも、どうせ古ぼけた品ですから」若い娘は悠然と答えた。「使ってもいいと言ってあるんです。こっちへ来ないのは、あなたがいらっしゃるから」

「おや。でしたら失礼しないといけませんね」

「いえ、そんなことないです」

「僕と二人で歩いていたら、叱《しか》られるんじゃありませんか」

ミラー嬢は真剣な眼差《まなざ》しを向けた。「わたしの……じゃありませんね、あなたの――というか、母が自分のためを思って、ああ、もう、どうなんだかわかりません。母はわたしの知り合う男性がみんな気に入らないんです。なんたって臆病《おくびょう》なんですから。わたしが男の人を会わせようものなら、あたふた大騒ぎしますよ。でも、やっぱり紹介はすることにしてます。もし母に会わせなければ――」と、この娘らしく、なだらかな一本調子の声で、「わたしが不自然だと思うんです」

「では紹介していただくとして、まだ僕の名前も知らないのは困るでしょう」ここでウィンターボーンはしっかりと名乗った。

「あら、長い。そんなに舌が回りませんよ！」ならんで歩く娘が笑ったのだが、もう二人はミラー夫人にかなり近づいていた。すると夫人は庭園の壁に寄っていき、その手摺に取りついて、じっと湖に目をこらしたまま、こちらには背中を向けていた。「お母さん！」娘がきっぱりした口調で呼びかけると、さすがに夫人も振り返る。「ウィンターボーンさんよ」デイジー・ミラー嬢による紹介は、気さくな可愛らしさのあるものだった。なるほどコステロ夫人が言ってのけたように「品位」はないかもしれないが、庶民的なるがゆえの細やかな優しさが見てとれて、ウィンターボーンは意外の感に打たれていた。

母親だという人は、小柄で、線が細く、いかにも軽量に見える。目に落ち着きがなく、あるかなきかの鼻をつけた顔は、額の面積だけが大きい。その頭の上に、一定量の貧弱な縮れ毛が、添え物のように載っていた。着ているものは、娘と同じく、極上に洒落《しゃれ》ている。ものすごいダイヤの耳飾りをしていた。ウィンターボーンが観察する限り、いまだ挨拶らしきものはなされない。目を合わせようともしないのだ。デイジーは母親に寄りついて、ショールの具合を直してやっていた。「どうしたのよ、こんなとこうろついて」という娘の尋問は、その言葉遣いのわりには、きつく響いていなかった。

「どうしたと言われても——」母親はまた湖を向いてしまう。

「ねえ、このショール、ほんとは要らないんじゃないの」デイジーが言った。

「あ、これ、要るわよ」母親は小さく笑った。

「ランドルフは寝かしつけた？」

「だめなのよ。言うこときかない」ミラー夫人はおっとりした口をきいて、「なんだかウエーターと話をしたがってさ。それが楽しいみたい」

「いまウィンターボーンさんと話してたんだけど——」という娘の声音には、この名前を昔から口にして育ってきたかのような気味がある。ウィンターボーンの耳には、そのように聞こえた。

「ええ、そうなんです。息子さんとお近づきになっておりまして」

ところが母親は何も言わない。また湖を見ていた。ようやく口をきいたと思えば、

「もう、あれでよく身体《からだ》がもつわ」と言う。

「ドーヴァーに泊まってた頃よりは、まだましよ」

「ドーヴァーで、何があったんです？」ウィンターボーンが言った。

「ちっとも寝ようとしなかったの。ずっとラウンジで起きてたんじゃないかしら。十二時にも寝室にいなかった。それは確かね」

「十二時半だった」ミラー夫人がやんわりと念を押した。

「よく昼寝をする？」ウィンターボーンは突っ込みたくなった。

「あんまり寝る子じゃないみたい」まずデイジーが答えた。

「寝てくれればいいんだけど」母親も言った。「寝られないのかもしれない」

「ほんと、困った子だわね」

ここで話が途切れたが、ややあって夫人が言った。「ちょっと、デイジー、身内の悪口なんて言うもんじゃないよ」

「だって困ってるでしょうに」デイジーの語調は、口答えというほど、いらついたものではない。

「まだ九つなんだからさ」

「まあね、お城には行きたくないとも言うし……。だからウィンターボーンさんと行くことにしたわ」

はっきりした宣告が、まったく平静に行なわれて、デイジーの母親からは、どうという反応もなかった。そんな行楽の計画はもってのほかと思われて当たり前だろうに、この相手なら単純で御しやすかろう、という見込みもある。うまいこと敬意をにじませた発言をしてやれば、斜めになったご機嫌も、いくらか角がとれるかもしれない。「はい、お嬢さまの案内役を仰《おお》せつかったという次第なのです」

ミラー夫人は目を泳がせていて、その目がすがるようにデイジーを見たというのに、この娘は鼻歌まじりにするすると離れていった。「じゃあ、汽車で行くってことよね」母親が言った。

「ええ。あるいは船でも」ウィンターボーンは言った。

「あ、はあ、存じませんけど……。まだ行ったことはないんで」

「お出かけになれないとは残念です」どうやら断固反対ということではなさそうだと、ウィンターボーンには思えてきた。だが、そうであれば、母親が娘に付き添うと言い出すことも、当然、考えておかねばなるまい。

「行こう行こうとは思ってるんですよ」夫人は言葉を継いだ。「でも、なかなかそうはいかなくて。いえ、デイジーは、出かけたがるんです。ただ、こっちで知り合った――何ていう名前だったかしら――その女の人が、ここいらのお城には、見るべきものはないんじゃないかなんて、おっしゃいましてねえ。そういう見物はイタリアへ行ってからでいいでしょうってことなんです。あっちにはたくさんあるみたいですね」ミラー夫人も、しゃべっているうちに遠慮がほぐれてくるようだ。「といって、もちろん有名どころだけ見ればいいんです。イギリスでは何カ所か行きました」という話も出てきた。

「ああ、そうです。イギリスには美しい古城がありますね。ですが、この地のションン城も、一度は見ておきたい名所ですよ」

「まあねえ、もしデイジーがその気なら――」なにやら大変な事業を語るような口《こう》吻《ふん》になる。「もう何だってやってのけようとする娘ですので」

「ともかく、行ってみれば面白いと思います」ウィンターボーンは請け合った。どうせなら二人だけで行けるように工作したくなってくる。その娘は、軽い歌声を漂わせながら、いくらか前方で歩を進めているだけだ。「では、ご自分では、あまり行きたいと思っておられないのですね？」

デイジーの母親はちらりと彼に横目を投げると、黙って歩き出しておいて、「でしたら、娘には行かせましょうかね」と言うだけのことだった。

こういう母親像もあるのかとウィンターボーンは思った。ジュネーヴとは大違いである。ここから湖の反対側にある陰気な旧都では、母親集団が押し寄せるように出しゃばって、社交の最前線で目を光らせている。そんなことを考えていたら、はっきりと名前を呼ばれた。ミラー夫人の保護下にあるとは言いがたい娘の声である。

「ウィンターボーンさぁん」

「はい、マドモワゼル」

「ボートに乗せてくださらない?」

「いま、すぐに?」

「そうよ」

「ちょっと、まあ」母親からは、びっくりした声が出た。

「そこをどうにか、お願いできませんか」ウィンターボーンも乗り気になった。星明かりの夏の夜に、うら若き美女を小舟に乗せて進むと思えば、かつてない興趣をそそられる。

「どうかと思いますけどね。もう外にいる時間じゃありませんよ」

「でも、ウィンターボーンさんは、連れてってくださるおつもりよ」デイジーはずばりと言った。「すごく熱心な方ですもの」

「星空の下を、シヨン城まで漕《こ》いでいきましょうか」

「嘘《うそ》みたい」

「あら、まあ」またしても夫人が声を上げた。

「さっきから、わたしにはお構いなしでしたね」娘は話を切らさない。

「つい、お母さんと楽しくおしゃべりしていたので」

「ま、ともかく、ボートに乗せてくださいな」デイジーはあきらめない。すでに三人とも立ち止まっていた。デイジーは振り返って、ウィンターボーンを見ている。その顔に可愛らしい笑顔が浮いていた。きれいな目に光がきらめく。手にした大きな扇子をはたはたと揺らしている。そう、これ以上の美形はあり得ない、とウィンターボーンは思った。

「あっちに桟橋があるでしょう。ボートが何艘《そう》か、つながれてます」彼が指さした先は階段になっていて、庭園から湖岸へ下りていけた。「私の腕でよろしければ、おつかまりください。ご案内いたしますよ。手頃な一艘を見つけましょう」

デイジーは笑顔で立っていたが、その顔をつんと上向きにして、小さく笑い声を立てた。「男の方には、きちんと言っていただきたくて」

「これでも、きちんとお誘いしてますが」

「どうにか言わせたかったんです」

「案外、うまくいったでしょう。でも、いま、ふざけてるんじゃありませんよね」

「まさか、そんなことは」ミラー夫人が、そっと静かに言った。

「でしたら、ぜひボートを漕いでさしあげたい」彼は娘に向けて言った。

「そう言っていただければ、すてきだわ！」

「乗ってみれば、もっとすてきですよ」

「そうですよね、きっと」だがデイジーは、そう言ったものの、同調する動きは見せず、ただ笑っているだけだった。

「いま何時なのか、考えてごらんなさいな」母親が口を出した。

「十一時ですよ、奥様」という声が、外国語の訛《なま》りを帯びて、至近の暗闇から言った。ウィンターボーンが振り向くと、雇われて随行している洒落男がいた。いま出てきたばかり、と見える。

「あら、ユージニオ」と、デイジーが言った。「これからボートに乗るの」

ユージニオは軽く頭を下げた。「十一時に、ですか？　マドモワゼル」

「ウィンターボーンさんが行ってくださるわ。いまからすぐ」

「だめだって言ってくださいよ」ミラー夫人が案内人に言った。

「そう、おやめになるのがいいです」ユージニオは、ずばりと言った。

若い美人がこれだけ遠慮のないことを言われる仲であってよいのかとウィンターボーンは思ったが、思っただけにしておいた。

「不適切だって言いたいんでしょう」デイジーが語気を強めた。「ユージニオに言わせれば、適切なものなんてなくなるわね」

「いつでもお役に立ちますよ」ウィンターボーンは言った。

「マドモワゼルは、お一人で行かれますか」ユージニオが夫人に聞いた。

「だから、まあ、こちらの方と」

旅の世話人はウィンターボーンを見やってから――にやにや笑う顔にも思えたが――しかつめらしく一礼をして、「マドモワゼルのよろしいように」と言った。

「あら、じたばた騒いでくれると思ったのに。いいわ、もう行かない」

「いまさら行かないとは、僕が騒ぎますよ」ウィンターボーンが言った。

「じたばたすれば面白いっていう、それだけなのに——」またしても若い娘は笑いだした。

「ランドルフ坊っちゃんは、もうお休みです」世話人が無感動な報告を入れた。

「じゃあ、デイジー、もういいね、そろそろ行こうよ」ミラー夫人は言った。

デイジーは立ち去りかけて、顔だけはウィンターボーンに向け、にこやかに扇を揺らしていた。「では、おやすみなさい。がっかりしてもらえましたかしら。もう頭に来た、みたいな」

彼は相手の顔を見ながら、差し出された手をとった。「わけがわからない、とは思います」

「それで眠れなくなったりしませんように」彼女はさらりと切り返した。お役目で付き添うユージニオに守られて、二人の女性がホテルの建物に向かった。

その後ろ姿をウィンターボーンは見送った。いやはや、わけがわからない。それから十五分ほども湖畔を去りかねて、あの若い娘がいきなり親しげになり、また気《き》紛《まぐ》れにもなっていた謎《なぞ》の行動について思案した。だが、さんざん考えた末に、はっきりした結論は一つしかなかった。こうなったら二人で道行きと洒落込んでやろうではないか、と思ったのである。

果たして、その二日後、シヨン城へ行けることになって、待ち合わせをしたのはホテルのロビーだった。ほかの案内人、給仕人、あるいは外国の旅行客が屯《たむろ》して、きょろきょろ見ているのだから、彼としては避けたかったところだが、彼女のほうから指定した。その彼女は階段に軽く足を運んで、たたんだ日傘をきれいな身体に押しつけるように抱きかかえ、長手袋のボタンをかけながら下りてくる。地味好みの上品な装《よそお》いが、隙《すき》のない旅支度になっていた。ウィンターボーンは、まず心を働かす男である。古風に言えば多情多感にできている。彼女の服装を見て、また大階段を小刻みに踏んでくる迷いのない足取りを見て、何やらロマンチックなことがありそうな気がしてきた。これから駆け落ちだと思うなら、そんな心地にさえなれたかもしれない。ぶらぶらしている連中の目があるロビーを、二人で抜けて出ていった。彼女に視線が集まっているようだ。その彼女は、さっそく口を開いて、おしゃべりを始めていた。シヨン城までは馬車で行くのがよかろうとウィンターボーンは思っていたのだが、小型の蒸気船も出ている。そっちに乗りたい、船が大好きだと彼女は熱望した。水上に吹き渡る風が好ましく、大勢の客が乗り合わせるからよいのだと言う。たいして長い航路ではなかったが、その間にも、ウィンターボーンはたっぷりと彼女の話を聞かされた。この青年にしてみれば、今回ちょっとした遠出をしているだけでも、なかなかの冒険というか、日常を踏みはずしたことである。いくら彼女が自由を当たり前のように思っているとしても、ここは同様の見方を返してくれるのではないかという期待もあった。しかし、そこまでうまくいくものではなかったと言わざるを得ない。元気いっぱいに魅力を振りまくデイジー・ミラーではあったが、胸をときめかせているような気配は皆無だった。普段通りということだ。彼の目も、ほかの誰の目も、気にしない。平気で彼の顔を見てくるし、まわりから見られていると思っても顔色一つ変えない。そして彼女を見る人の目も、また絶えなかった。これほどに存在感を際立《きわだ》たせる美女と連れ立っているということで、ウィンターボーンもおおいに得意になっていられた。さっきまでは心配がなくもなかった。彼女が大きな声でしゃべって、遠慮もなく笑って、ひょっとしたら船上をうろうろ歩きたがるのではないかと予想したのだが、どうやら杞憂《きゆう》だったようだ。彼は相手の顔を見ながら、笑って聞いていればよかった。彼女も席を動かず、さまざまな話題を持ち出しては、さかんに自説を述べていただけである。おしゃべりと言えばそれまでだが、こんなに魅力のあるおしゃべりは初めて聞いた。彼女には「品位がない」という見解に、彼も一応は賛同していた。しかし、こうしてみると、そう思ってよいのかどうかわからない。あるいは、そういう庶民性に、彼が慣れてきただけのことなのか。彼女の話の内容は、ほとんどが外界の事象に関することで、いわば客観性に傾いていたのだが、ときとして内面に踏み込んでくることもあった。

「そんなに真面目《まじめ》な顔で、なに考えてるの？」いきなり問い詰めておいて、その眼差しは好ましい表情のままにウィンターボーンの目をとらえていた。

「そんな顔してました？　にっこり大きく笑ったつもりなのに」

「これからお葬式に行きましょうって顔だわ。それで大きく笑ったなんて、よほどに顔の幅が狭いのね」

「にぎやかなのがお好きなら、甲板で踊って見せましょうか」

「ぜひお願い。わたし、お帽子を持って回ります。船賃くらい集まるかも」

「こんなに愉快なことは初めてだな」ウィンターボーンは、ぽつりと言った。

するすると彼女は、一瞬、目を合わせてから、ぷっと吹き出して笑った。「そういうこと言わせるのが楽しいわ。面白い人ね、変わったところがあって」

だが、船を下りて城へ行ってからは、俄然《がぜん》、本来の個性が目立ってきた。デイジーは丸天井の室内を跳ねるように歩いた。螺旋《らせん》階段ではスカートの裾《すそ》がさらさらと音を立てた。穴蔵のような地下牢《ちかろう》に接近して、きゃっと小さく叫んで飛びすさったりもした。ウィンターボーンが教えてやることには、めずらしいほど形のよい耳を傾けて、しっかり聞いていた。とは言いながら、封建時代の遺物に興味があるわけではなさそうで、シヨン城にまつわる陰鬱《いんうつ》な伝承も、それほど心に刻まれることはなかったようだ。ほかの見物人が居合わせなかったのは好運だ。城内を見せる管理人はいたけれども、あまり急《せ》かさないでもらいたいとウィンターボーンは話をつけた。進むなり止まるなり適当に時間をかけていたい。そのあたりは管理人も心得たもので――もちろんウィンターボーンが心付けを弾んだこともあって――しまいには二人だけで勝手に歩かせてくれた。ミラー嬢はあれこれと思うことを述べていたが、理路整然とは言いがたい。何にせよ見つけたものを口実に、ああ、そう言えば、と話が飛ぶ。たとえば城壁の銃眼を見ても、いくらでも思いつくことがあるらしく、いきなりウィンターボーン自身や、その家族、経歴、趣味、習慣、志望などに話を振り向けて知りたがった。また逆に、彼女からも、同様のことを披瀝《ひれき》する。自分の趣味、習慣、志望について、ほかの言いようはなさそうに、また思いきり都合のよい観点から語っていた。

「ふうん、よくご存じのようね」その昔、ボニヴァールなる人物が地下に幽閉されたという故事を聞かせると、彼女は言った。「こんなに物知りな人、初めて！」そういう悲運の歴史も、ミラー嬢にとっては、片方の耳から入って、もう一方から抜けていく、というだけのことだったようだが、それでいて、ウィンターボーンが旅の仲間になって、あちこち見て回れるようにしてくれたらよい、そうしたら自分たちにも知恵がつくのに、などと言いだした。「ランドルフの先生になってくださらない？」それは願ってもないことだろうが、あいにく他の用事もあるので、とウィンターボーンは言った。「用事がある？　そんな、嘘みたい。どういうこと？　お仕事ないんでしょう？」たしかに実業の職はないと青年は言った。だが約束した予定もあるので、一日か二日のうちにジュネーヴに戻らねばならない。「あら、いやだ。嘘みたい」と彼女は言って、すぐ別の話に移った。その後、まもなく彼が古い時代の暖炉を指さして、しゃれた意匠ではないかと言っていたところで、そういうものとは無関係に、また彼女が言った。「ジュネーヴに戻るって、そんなの冗談ですよね」

「悲しいかな、冗談ではないのでして、あすにでも帰らないといけません」

「だって、ウィンターボーンさん」とデイジーは言う。「ひどい人だったんですね」

「いや、そんな、いじめないでくださいよ。最後になって、そういうことを——」

「最後！」若い娘が声を上げた。「まだ最初じゃありませんか。まったくもう、あなたを置いて、さっさと一人だけホテルに帰ってしまいたい気分だわ」それから彼女は十分ほども時間をかけて、ひどい、ひどいと言い続けた。これにはウィンターボーンもわけがわからない。彼が予定を明かしただけで、こうまで若い女性に慌《あわ》てふためいてもらえるとは初めてのことだ。もはやデイジーはシヨン城の骨董《こっとう》にもレマン湖の美観にもまったく無頓着《むとんちゃく》になって、謎の女を仮想敵とする論戦を開始した。つまりジュネーヴには愛人がいて、だから急いで帰ろうとしている、と思ったらしい。そんな人はいないと言ったものの、そっちを探索されるとはどういうことか、ウィンターボーンには見当がつかなかった。彼女が瞬時に気を回したことに驚く一方で、よく舌が回ってしゃべることだと思うと楽しくもなった。こうしていると、デイジーという娘は、純真、粗野、という二種の成分が稀有《けう》な混合を遂げた所産ではないかと思われた。「せいぜい一度に三日の休みしかもらえないんですか？」と皮肉なことを言う。「夏休みもなし？　この季節にどこへ行く暇もないほど働かされてる人なんていませんよ。もし一日でも帰りが遅くなったら、その人、きっと船で湖を渡って、あなたを捕まえに来るんでしょうね。だったら金曜日まで様子を見たらいかがです。わたし、桟橋まで船の到着を見にまいりますから」この娘を見くびっていたのではないかとウィンターボーンは思い始めた。船に乗ってからしばらくは、あまり気持ちを外へ出さないのかと拍子抜けしていたが、そのときは見逃したのだとしても、いまはもう個性が前面に出ようとしていた。いよいよ本領発揮かと思われたのは、ひとつ約束をしてくれと言ったときである。冬になったらローマへ行くと誓えば、これ以上は「いじめないであげます」ということだ。

「それなら請け合えると思いますよ」ウィンターボーンは言った。「伯母が冬はローマで過ごすつもりで宿の手配をしましてね、僕も遊びに来いと言われてるので」

「伯母さんがいるからじゃなくて、わたしに会いに行くと言ってくれなくては」あのうるさ型の伯母について彼女が発する言葉は、これだけで終わった。何はともあれ行きますよと彼は言い、もうデイジーもふざけた口をきかなかった。ウィンターボーンは馬車を使うことにして、ヴェヴェーに帰る夕暮れの道では、若い娘もすっかりおとなしくなっていた。

その晩、ウィンターボーンはコステロ夫人に会って、午後からデイジー・ミラー嬢とシヨン城へ行っていたのだという話をした。

「ああ、アメリカの——」夫人は言った。「案内人を雇ってる親子だね」

「ええ、まあ。ただ幸いなことに、その案内人は留守番に回りました」

「じゃあ、二人だけで行ったの？」

「はい、二人で」

コステロ夫人はふんふんと気付け薬を嗅《か》いでから、「ああ、そうかい」と声を上げた。「そういう娘を、私に引き合わせようとしたんだね」

III

ウィンターボーンは、シヨン城へ出かけた翌日にはジュネーヴへ帰っていったのだが、その後、年が明けた一月の下旬になって、今度はローマへと向かった。すでに数週間は同地に腰を落ち着けていた伯母から、再三の手紙が来て、「去年の夏、ヴェヴェーでご懇意だった方々が、案内人ともども、こちらに姿を見せていますよ」と書かれていた。「いくらか知己は得られたようですが、あいかわらず案内の男がべったりくっついていますね。ただ、くっついていると言えば、お嬢さんには三流のイタリア人との付き合いもあると見えて、そういう連中と遊び回っては、おおいに人の噂《うわさ》になっています。それから、こっちへ来るときに、あの素敵な小説、シェルビュリエの『ポール・メレ』を持ってきてくださいい。二十三日までには来るように――」

ウィンターボーンは、ローマに着いたら、アメリカ資本の銀行へ行ってみようと思っていた。ミラー夫人の滞在先を聞き出して、デイジー嬢にご挨拶《あいさつ》として顔を出す。順当に事が運べば、そうなっていただろう。「ヴェヴェーであああいうことがあったのですから、訪ねていってもおかしくはないでしょう」彼はコステロ夫人に言った。

「ああいうことって、あなた――まあ、ヴェヴェーでも、どこでも、そんなようなことで――それでまだお付き合いしたい気持ちがあるなら、好きになさいな。男の人はいいわね、いくらでもお付き合いができて。男の特権というもの」

「おや、たとえばローマで、どうかなってるんですか」

「そのお嬢さん、付き添いもなく、外国人のお知り合いと出歩いてますよ。出歩いてどうなるんだか、そこまで知りたければ、ほかで聞いてごらんなさい。財産目当てとしか言いようがないローマの男を何人も引っ掛けて、そういうのを方々《ほうぼう》のお宅へ連れて行くんだもの。パーティに出るとしたって、お行儀と口髭《くちひげ》だけはご立派な紳士がくっついてくる」

「母親はどうしてるんです」

「さっぱりわかりませんよ。とんでもない親子だわ」

ウィンターボーンは、ふと考え込んだ。「まあ、とにかく、ものを知らないというか、まったく無邪気なだけなのです。たちが悪いというのではありません、絶対に」

「下品なんですよ。もはや度しがたい」コステロ夫人は言った。「度しがたく下品であって、たちが悪いことにならないのかどうか、そんな哲学談義はいたしませんけどね。ともかく、あれでは毛嫌いしたくもなるという話です。いいかげんにしてもらいたいわ。人生は短いんですから」

デイジー・ミラーには髭を生やした取り巻きがいると聞いて、すぐにでも会いに行こうとしていたウィンターボーンに歯止めが掛かった。もちろん彼女の心に不滅の刻印を残していると思うほどに自惚《うぬぼ》れた男ではなかろうが、こうまで予想とは食い違っている現状を聞かされて憮然《ぶぜん》とした。もの思う青年の脳裏にちらついていた姿だと、大変な美人が古いローマの窓から外をながめては、いつになったらウィンターボーンさんがいらっしゃるのかしらと胸に問うていたのだった。現実のミラー嬢に会って、知らない男ではないと思い出してもらうのは、少々先延ばしにするしかなかろう。とりあえず二、三の知己を訪ねることにして、そんな中に、さるアメリカ人女性がいた。以前には子供らを学校に入れたジュネーヴで、何度かの冬を過ごしたことがある。なかなかの人物であって、いまはローマのグレゴリアーナ通りに住んでいた。ウィンターボーンが面会した部屋は、こぢんまりした深紅色の客間である。三階にあって南国の陽光にあふれていた。すると、ここへ通されてから十分とは経《た》たないうちに、使用人が顔を出して、「マダム・ミラ」の来訪を告げた。まもなく入ってきた少年はランドルフ・ミラーである。部屋の真ん中で立ち止まり、ウィンターボーンに目を丸くした。わずかに遅れて入室したのが、その姉たる美人であり、だいぶ間があって、ミラー夫人がのそのそとやって来た。

「知ってる人だ！」ランドルフが言った。

「そう、いろんなこと知ってるんだったね」ウィンターボーンは子供の手をとった。

「勉強はどうなってる？」

デイジーは女主人と愛想よく挨拶を交わしていたが、ウィンターボーンの声を聞いて、くるりと顔を向けた。「あら、まあ」

「言ったとおり、来ましたよ」ウィンターボーンは笑って応じた。

「まさか、本当だったんですね」デイジー嬢が言った。

「おかげさまにて」青年は笑った。

「訪ねてくだされればよかったのに」

「きのう着いたばかりなんで」

「あら、嘘《うそ》みたい！」

ウィンターボーンは、それはないでしょう、という笑顔を母親のほうへ向けたが、この夫人は視線をはぐらかしつつ、椅子《いす》に腰を下ろしながら息子だけを見ていた。そのランドルフは「うちのほうが広いな」と言う。「部屋じゅう金ぴかだしね」

ミラー夫人は坐《すわ》っていて決まりが悪そうだ。「だから言ったのよ。あんたを連れてくると、よけいなこと言うんじゃないかって」

「だから言ったのよぉー」ランドルフは声が高い。「だから言うんだけどさ」ふざけた口をきいて、ウィンターボーンの膝《ひざ》をぽんとたたいた。「ほんとに広いんだよ」

デイジーは女主人との歓談を始めている。それなら母親に話しかけてやってもよかろうとウィンターボーンは考えた。「ヴェヴェーでお別れしてから、いかがお過ごしでしたか」

こうなるとミラー夫人も目を向けてくるしかないが、やっと彼の顎《あご》あたりを見ているだけだった。「それが、あんまり――」

「胃弱なんだ」ランドルフが言った。「ぼくもそう。父さんもだけど、ぼくが一番ひどい」

こんな話をされて、ミラー夫人が慌《あわ》てたかというと、かえって気が楽になったようだ。「わたしはね、肝臓だと思うんですよ。こっちの気候がいけないのかしら。とくに冬場になったら、スケネクタディのほうがしゃきっとするような気がして。あの、わたしらがスケネクタディから来てるの、ご存じでしたっけ。こないだデイジーにも言ってたんですけど、まったくデイヴィス先生みたいな人はいませんね。あとにも先にもいないでしょう。それはもうスケネクタディでは名医なんですよ。すごく評判がよくって。お忙しいんでしょうに、親身になってくれますの。ちっとも骨惜しみしないんです。その先生が、わたしみたいな胃弱の例は見たことがないんですって。でも、きっと治るっておっしゃいましてね。どんな療法でもやってみるってことで、何かしら考えてくださっていた矢先に、わたしたち旅に出ることになりました。うちの主人が娘には自分の目でヨーロッパを見せてやりたいなんて思いつきましてね。でも、わたし、手紙で言ってやったんですよ。こっちにはデイヴィス先生がいらっしゃらないんですから、とてもやっていけません——。ほんとにスケネクタディでは一番の名医なんですよ。なにしろ病人がいっぱいの町でしてね。わたしも、なんだか寝られなくて」

こうしてデイヴィス先生の患者たる夫人と、病理にまつわる素人《しろうと》談義を重ねることになった。その間にもデイジーは女主人とのおしゃべりを止めようとしない。青年はミラー夫人にローマはお気に召してますかと尋ねた。「いえ、正直なところ、来てみたらがっかりですよ」という答えが返った。「いろいろ聞いてましたんですが、聞きすぎたのかもしれませんね。どうしたって、そうなりますでしょう。聞かされていた様子とは違いました」

「いやいや、ちょっと時間をかければ、大好きになれますよ」

「ぼくは毎日どんどん嫌いになる」ランドルフがやかましく言った。

「子供時代からローマを敵とする。ハンニバルみたいだね」

「そんなんじゃないよ」わかっていないランドルフが、でたらめに言い返した。

「あんまり子供らしくもないし」母親が言った。さらに話を続けて、「あちこち見てきましたら、いい町がありました。ローマなんて遠く及びません」と言うので、ウィンターボーンがたとえばどこなのかと聞いてやると、「チューリヒかしらね。きれいだと思いますよ。ローマの半分ほどの話も聞いてませんでしたけど」

「一番よかったのは、シティ・オブ・リッチモンド」

「この子が言ってるのは、船の名前です」母親が解説した。「こっちへ渡航した船なんです。ランドルフは面白がってました」

「あれが一番」子供がまた言った。「でも行き先はまずかった」

「いずれ逆向きに乗って帰るわよ」ミラー夫人は、ふふっと小さく笑った。ウィンターボーンが、お嬢さんはローマでお楽しみなのでは、と言ってみると、ええ、すっかり夢中なんです、とのことだった。「社交界のせいですわね。すばらしいです。娘はよく出ていきますので、大勢の方と知り合ってるみたいです。わたしなんて到底およびません。こちらでは皆さんお付き合いが上手ですね。うちの娘もすぐに仲間入りさせてもらえました。いままでは存じ上げてる紳士の方々が多くなって、もうローマみたいなところはないって思ってるようです。まあ、若い娘としては、殿方の知り合いが多ければ楽しいに決まってますわねえ」

するとデイジーがまたウィンターボーンに話しかけようとしていた。「いま、こっちで告げ口してたんですよ。ウィンターボーンさんて、どれだけひどい人なのか」こんなことを、はっきりと述べる。

「おや、いかなる根拠を出されたのでしょう」心中穏やかではなかった。このミラー嬢に会おうとする一心で、ボローニャにもフィレンツェにも立ち寄らず、ひたすらローマを目指してきた男の熱意が、とんと伝わっていないようだ。そう言えば、さる皮肉屋の同胞から聞いた話だが、どうもアメリカの女というのは——それも美人はというので、この説がもっともらしく聞こえるのだったが——世界一、注文が多くて、世界一、恩知らずなのだそうだ。

「あら、だってヴェヴェーではすごく意地悪だったでしょう。ちっとも気乗りがしないみたいで、あんなに頼んだのに、さっさと帰っていっちゃったんですから」

「これはしたり」さすがにウィンターボーンも声を大にして言いたくなる。「はるばるローマまで来て、ただ叱《しか》られるだけだったとは」

「おかしなこと言ってますね」デイジーは、この家の女主人たるウォーカー夫人の服に手を出して、飾りのリボンをきゅっと捻《ひね》った。「あんな言い草ってあるかしら」

「言い草、ですか」ウォーカー夫人は、ウィンターボーンに味方したいような口ぶりだ。

「どうなんでしょ」デイジーは、まだ夫人のリボン飾りをいじっている。「じつはウォーカーさん、お話があって――」

「かあさん」ランドルフが話に割り込んだ。発音にはアメリカらしい癖がある。「早いとこ行かなくちゃ。ユージニオがうるさいから」

つんと上を向いたデイジーが、「ユージニオなんて、こわくないわよ」と言った。「それで、あの、ウォーカーさん、パーティには出席させていただくのですが」

「ええ、ぜひどうぞ」

「いいドレスがあるんです」

「そうでしょうねえ」

「そこで一つお願いなんですけど――お許しと言いましょうか――同伴したい人がおりまして」

「かまいませんとも。お知り合いなら歓迎ですよ」ウォーカー夫人は、笑った顔をミラー夫人に向けた。

「あ、いえ、わたしは知り合ってないです」デイジーの母親が、この人なりに笑った顔で恐縮した。「口をきいたこともなくて」

「わたしとは親しいんです。ジョヴァネリさんていう方――」デイジーは言った。澄んだ美声は揺らぐことなく、明るい美貌《びぼう》に曇りはない。

ウォーカー夫人は、一瞬の沈黙のあと、ウィンターボーンに目を走らせておいて、「では、そのジョヴァネリさんも、ご一緒にどうぞ」

「イタリア人なんです」デイジーは、もののみごとに美しき平静を保って、続きを言う。「すっかり仲良くなったんです。あんなに男前の人いませんね。ウィンターボーンさんは別として――。もちろんイタリアのお友だちは多いそうですが、アメリカ人とも知り合いになりたいんですって。アメリカ人を大事に考えてるみたい。ものすごく賢い人ですよ。とっても素敵なんです」

というわけで、その立派な御仁もウォーカー夫人のパーティに列することが決まって、ミラー夫人はそろそろ失礼いたしますと言った。「ホテルへ戻ろうと思いますので」

「それはいいんだけど、わたし、散歩してから帰ります」デイジーは言った。

「ジョヴァネリさんと歩くんだね」ランドルフがあっけらかんと口にした。

「ピンチョ庭園へ行くのよ」デイジーの顔は笑っている。

「お一人で、いまから？」ウォーカー夫人が言った。もう日は落ちかかっている。馬車は何台も繰り出すが、歩く人は思うところがあって歩くという時間帯だ。「危のうございますよ」

「そうだわね」ミラー夫人も後追いで言った。「悪い熱病にやられちゃうに決まってる。デイヴィス先生もおっしゃってたでしょうに」

「予防の薬でも飲ませれば」ランドルフが言った。

もう一同そろって立ち上がっていた。デイジーは、きれいな歯を見せたままに、その顔を女主人に寄せてキスをした。「ウォーカーさん、そこまで気になさらずとも。わたしだって一人で行くわけじゃないんです。お友だちと会うんですから」

「その人がいれば毒気に負けないってものじゃあるまいし」と、ミラー夫人は思うところを口にした。

「それがジョヴァネリさんなんですか？」女主人が言った。

ウィンターボーンは、娘の様子を見ていて、いま発せられた質問にぎくりと緊張した。彼女はにこやかな表情で、ボンネットのリボンをなでつけている。ウィンターボーンにちらりと目を投げると、そんな目つきで微笑《ほほえ》みながら、影ほどの迷いもなく、「ええ、ジョヴァネリさんです——すばらしきジョヴァネリさん」という返事をした。

「ねえ、悪いことは言いませんから」ウォーカー夫人が若い娘の手をとった。「すばらしいイタリア人て、あなた、こんな時刻に、一人で歩いて行くのはおやめなさいな」

「あのう、英語はわかる人らしいんです」ミラー夫人は、そんなことを言う。

「もう、何なんでしょ」デイジーは言った。「わざと不都合なことをしようとは思ってませんし、また簡単に解決できます」と、ウィンターボーンを見やりながら、「ここからだと、ピンチョまで、せいぜい百ヤード。もしウィンターボーンさんの礼儀が見かけ倒しではないのなら、それくらい歩いて送ってくださいますでしょう」

すぐさま礼儀の実証に乗り出したウィンターボーンに、では、お願いしますね、という認可が下りた。そこで母親よりも先行して二人が階段を下りていくと、玄関前にミラー夫人の馬車が停まっていて、ちゃっかり座席にいると見えたのが、ヴェヴェーでも旅の飾りになっていた案内人である。「じゃあね、ユージニオ。わたし、歩いていくから」と、デイジーが声をかけた。グレゴリアーナ通りからピンチョの丘を上がった先の名園まで、本来なら、たいした距離ではない。ところが、みごとな日和《ひより》とあって、馬車のほかにも、通りすがりやら、そぞろ歩きやら、道に出ている人数が多いので、このアメリカ人男女の二人連れは、思いのほか時間をかけて、ゆっくり歩くことになった。ウィンターボーンにしてみれば、おかしな成り行きだとは思うものの、ちっとも悪い気はしていない。ローマの群集がのんびり動いて、なんとなく見回して、おおいに注目したくなるほどの美女がいる。それこそが彼の腕につかまって雑踏を抜けていくアメリカ娘なのである。こうして衆人の眼福となる環境に一人で出ていくと言ったデイジーは、いったい何のつもりだったのか。いま自分が任務とするのは、その彼女をジョヴァネリ氏に引き渡すことである。彼女はそう思っているだけだろうが、ウィンターボーンには腹立たしくもあり、また面白くもなってきて、そう易々《やすやす》と渡してやるものかと決めた。

「どうして会いに来てくださらなかったの？」デイジーは言った。「ほら、答えに詰まるでしょう」

「さきほども申し上げたとおりで、列車から降りたばかりなんですよ」

「じゃあ、停車してからもずっと降りなかったのね」この娘らしい笑い声が上がった。「きっと寝てたんだわ。ウォーカーさんに会おうとする時間はあったのに」

「あの方とは、そもそも——」ウィンターボーンは弁明に転じようとした。

「わかってますよ。ジュネーヴでお知り合いになったのでしょう。ご本人から伺ってます。わたしとはヴェヴェーで知り合いましたよね。たいして違わないじゃありませんか。来てくださってもよさそうなものを」と言った彼女は、それ以上の問いを発しなくなった。自分のおしゃべりが始まったのである。「すごくいい部屋に泊まれてるんですよ。ローマのホテルでも極上だろうってユージニオは言ってます。この冬はもう長逗留《ながとうりゅう》でしょうね。もし熱病にかかって死んだりしなければ、そういうことになります。来てみたら思ったよりずっといいです。やたらに静かなんじゃないか、ひどく狭苦しいんじゃないか、なんて思ってました。絵なんか見てまわるんだろうとも思ってましたよ。どこ行っても、昔からの説明係が、ああだこうだ注釈をつけて歩くとか。でも、そういうのは当座の一週間だけで、いまは楽しくなってます。ほんとに知り合いが増えました。すてきな人ばっかり。社交に出てくるのは、みんな一流の人なんです。いろんな方がいますよ、イギリス人、ドイツ人、イタリア人。まあ、わたしはイギリス人がいいです。イギリス流の会話術があって。あ、いいえ、アメリカ人だって、いい人はいますけどね。こんなに歓待してもらえるなんて初めて。毎日、何かしらあるんですよ。舞踏会は多くないみたいですが、わたしはもともと舞踏に夢中ってこともないので。ただ一緒にお話しするだけでいいんです。ウォーカーさんのパーティなら、きっとそうなりますよね。あのお宅は部屋が狭いから――」そうこうしてピンチョ庭園の門内に入ると、ミラー嬢はジョヴァネリさんはどこかしらと言い始めた。「まっすぐ突っ切って行きましょう。見晴らしのいいあたりまで」

「そういう人捜しには協力いたしかねますね」ウィンターボーンは思いきって言った。

「だったら一人で捜すわ」

「ここで離れるわけにはいきません！」

彼女は、あの小さな笑いを発した。「離れたら迷子になりそう？　馬車に轢《ひ》かれる？　――あら、いるじゃないの。ジョヴァネリさん、あっちで木に寄りかかってる。馬車で来る女を見ようとしてるのね。涼しい顔だわ。あり得ないくらい」

そう言われて見ると、いくらか距離を置いて、小柄な男がいた。腕を組んで、ステッキを大事そうに持っている。かぶった帽子を洒落《しゃれ》た角度に傾《かし》げて、片眼鏡を付け、ボタン穴に小さな花飾りを差していた。これを見やってから、ウィンターボーンは「会って話をしようというのは、あの人ですか」と言った。

「話をする？　そりゃそうよ。まさか身振り手振りってわけじゃなし」

「いや、つまり――。そういうことなら、やはり離れることはできませんね」

デイジーは足を止めて彼を見たのだが、その顔に困ったような色は浮かんでいなかった。可愛《かわい》らしい目と、楽しげな笑窪《えくぼ》を見せているだけだ。これまた涼しい顔ではないか、と青年は思った。

「いやだわ。そういう言い方をされたら」デイジーが言った。「なんだか頭ごなしで」

「だとしたら謝りますが、どうにか趣旨を伝えたいと思ったのですよ」

若い娘の目つきが真剣味を増して、その目がなおさら可愛らしくなった。「一度だって殿方の言うなりになったことはありません。おかしな干渉は受けません」「どうでしょうね。考え違いかもしれませんよ。たまには男の言うことも聞くものです。しかるべき男の、ということになりますが――」

デイジーはまた笑いだした。「ちゃんと聞いてますよ！　じゃあ、ジョヴァネリさんはしかるべきなのかどうかと言ったら、いかがです？」

胸元に花飾りをつけた紳士も、こちらの二人に気づいたようだった。若い娘におもねるように、あたふた急いでやって来る。その娘ばかりかウィンターボーンにも恭《うやうや》しく礼をした。笑顔は輝くばかりで、目に知恵がのぞいている。見かけは悪くないとウィンターボーンは思ったが、それでも「しかるべき男ではありませんね」とデイジーに言った。

どうやらデイジーには人を引き合わせる天分があったようで、いま連れ立っている二人の名前をさらりと口に出して双方にわからせていた。この二人が左右にいる横並びで園内を歩いていく。ジョヴァネリ氏は英語でも口が達者で――これまでにもアメリカの資産家の娘を相手に、さんざん実地訓練を重ねた語り口であるのだと、あとでウィンターボーンは知るのだが――やたらに調子のよいことを彼女の耳に吹き込んでいた。いかにも世慣れた男である。これを見るアメリカ人の青年は、何とも言わず、ただ心の中だけで、落胆が激しいほどに人当たりがよくなるのがイタリア式の知恵の深さだろうと思っていた。ジョヴァネリの目算では二人だけで会うはずだったに決まっている。三人になるとは慮外のことだろう。それでも平静そのものだとは、何かしら先を見越した思惑があるに違いない。そういうやつなのだ、とウィンターボーンは相手を見切ったような気になった。「紳士ではない」とアメリカ青年は判断する。「よくできた偽物《にせもの》というだけのことだ。音楽教師か、売文業者か、三流絵師か。どうせ見かけ倒しだ！」ジョヴァネリ氏の顔立ちがいいことは認めるとして、ウィンターボーンが義憤めいたものに駆られたのは、おのれの同胞たる美女が、紳士の本物と紛《まが》い物の区別ができないことに対してだった。ジョヴァネリはぺらぺらと冗談まじりにしゃべり続け、すばらしく如才のないところを見せていた。たとえ偽物であっても、まったく巧妙にできていることは間違いない。「だが、しかし」と、ウィンターボーンは思った。「いい娘が知らなくてよいことではない」ところが、そう思うと、いい娘と言えるのかという疑問に立ち返る。もし素姓のよい娘であるならば――いくら遊び好きなアメリカ娘だとは言っても――あやしげな世渡りをするらしい外国人と待ち合わせをしようとするだろうか。なにしろ人目を憚《はばか》らず、あえてローマでも人出の多い場所へ来ているのだが、そういう条件下だとすればなおさら、わざと常識に逆らいたがる精神の証拠になりはしないか。おかしな話かもしれないが、恋のお相手《アモローソ》に会おうとした若い娘が第三者にくっつかれていて、さほどに苛立《いらだ》った様子ではないということが、くっついているウィンターボーン自身に釈然としない。そう思ってしまう自身の性癖にもまた釈然としていない。彼女を品行方正な令嬢と見ることは、もはや無理だろう。あるべき細やかな感性に欠けている。そして、そういうことであれば、あっさり割り切ってよいのかもしれない。小説家が「法を超える情熱」と書くようなものを振り向けてよい女なら、それだけでしかないということだ。いま彼を邪魔者扱いしてくれたら、すなわち軽い女と見る材料になる。そのように軽いのなら難しく考えるまでもない。ところが、このときのデイジーは、依然として、野放図でも無邪気でもある印象が変わることなく、その二つがどう結びついてこうなっているのか、さっぱり見当がつかなかった。

かくして男二人に守られたデイジーが、ジョヴァネリ氏の洒落たおしゃべりに、子供がはしゃいだような、とウィンターボーンには思われる声で応じながら、十五分ほども歩いたところで、園内を続々と通行する馬車の列から進路を変えた一台が、歩道に寄ってきて止まった。同時にウィンターボーンは車上の人に気づいている。あの旧知のウォーカー夫人が――その家をさきほど辞したばかりだというのに――馬車の座席から手招きしているのだった。ウィンターボーンは、急いでミラー嬢から離れて、この合図に従った。ウォーカー夫人は気色ばんで赤い顔をしている。「とんでもない話ですよ。お嬢さんのするようなことじゃありません。こんなところを二人の男性と歩くなんてどうかしてます。いやというほど人目に立ってるじゃありませんか」

ウィンターボーンは思わず目を見開いた。「あ、いや、むやみに事を荒立ててはまずいかと」

「放っといて取り返しのつかないことになるのがまずいですよ」

「まるで無邪気なものなんですが」

「どうかしてるんです！」ウォーカー夫人の声がきつくなった。「そもそも母親がいけません。あんな愚鈍な人いますかしら。さっき皆さんが出て行かれてから、そんなことを考えたら、やきもきしてしまいましてね。みすみす危ない目に遭わせるなんて、あんまり気の毒じゃありませんか。ですから馬車を呼んで、ボンネットをかぶって、大急ぎで出てきたんです。ああ、よかった、見つかって」

「見つけて、どうなさるおつもりです？」ウィンターボーンは、にこやかに言った。

「お嬢さんにも乗ってもらいます。それから三十分ばかり乗り回して、一人で野放しにされてる娘ではないと世間の目に見せた上で、しっかり送り届けましょう」

「あまり名案とも思えませんが……やってみますか」

　ウォーカー夫人がその気なので、青年はミラー嬢を追いかけていった。彼女は馬車の客が彼に話しかけるのを見ると、にっこり会釈《えしゃく》しただけで、連れ立った男と歩きだしていたのである。しかし、ウォーカー夫人が自分に用があって来たことを知らされると、いやな顔ひとつせずに、ジョヴァネリ氏を伴って引き返してきた。こちらの紳士をご紹介させていただきます、などと平気で言ってのける。すぐさま言葉通りに実行すると、今度はウォーカー夫人の膝掛けを見て、こんなに素敵なものはありませんと、おおいに誉《ほ》めた。

「うれしいこと言ってくださるのね」夫人はやさしく笑いかけた。「では、お乗りになって。あなたの膝にも掛けますから」

「いえ、いえ、せっかくですけれど」デイジーは言った。「それを掛けて、お一人で乗ってらっしゃるところが素敵なんです」

「ともかくお乗りになって。ひと走りいたしましょう」

「それも面白いでしょうけれど、いまのままですごく楽しいんです」デイジーは左右に立つ二人の紳士に、きらきらと輝くばかりの目を投げた。

「そんなこと言っても、こちらでは非常識なのですから」ウォーカー夫人は座席から せり出した格好で、祈るように手を組んでいる。

「じゃあ、それが常識になればいいんですよ。わたし、歩かなくなったら、息が絶えてしまいそう」

「お散歩するのなら、お母様と歩きなさいな」ウォーカー夫人は、さすがに腹立たしさを抑えきれなくなった。

「母とですって!」若い娘も声が上ずる。干渉の匂《にお》いを嗅《か》ぎつけているのだとウィンターボーンは思った。「うちの母は、散歩に出ようなんて考えたこともない人ですよ。それに、わたしだって――」デイジーは笑った。「もう五歳児ではありません」

「だったら分別はあってもいいわね。いい年頃のお嬢さんに、よからぬ噂が立ちますよ」

デイジーは笑顔を突きつけるようにウォーカー夫人を見た。「噂が立つ？　どういうことです」

「その話は乗ってからにしましょう」

またしてもデイジーはよく動く目を、右に左に、二人の男へ投げた。ジョヴァネリ氏はひょこひょこと頭を下げて、手袋を撫《な》でさすりながら、愛想笑いを発している。どうにも不愉快な場面になったものだとウィンターボーンは思った。まもなくデイジーが「それでしたら聞くまでもないと思いますわ」と言った。「聞いても面白くないでしょうから」

ウィンターボーンとしては、もうウォーカー夫人が膝掛けを巻き直して走り去ってくれたらよいと思ったのだが、あとで彼が聞かされた言い方によれば、ああいう口答えをされてそのままにはできません、という人なのである。「見境なしのお転《てん》婆娘《ばむすめ》と思われてよろしいのですか」と詰問《きつもん》した。

「まあ、何てことを」デイジーの声が高くなった。またジョヴァネリ氏を見てから、ウィンターボーンに向き直る。いくらか頬が紅潮しているようだ。すさまじく美しかった。「ウィンターボーンさんはどうなんです？」ゆっくりと、笑った顔で尋ねた。その顔をしっかり上げて、つっと落とすような視線を彼に向ける。「わたしが評判を守りたければ、この馬車に乗ればいいとお考えですか？」

ウィンターボーンの顔色が変わった。とっさに心が揺れたのだ。こういう形で彼女が「評判」などと口にすると、聞いていて不思議な気がした。とはいえ、ここは男たるもの、女性を大事にする精神で発言せねばならない。それを最高度に発揮するとすれば、すなわち真実を述べることである。そしてウィンターボーンにとっての真実とは——ここまでの物語で、すでに読者にも察するところがおありだろう——デイジー・ミラーはウォーカー夫人の忠告に従うのがよいということだった。あらためて特別製の美人を見てから、ごく穏やかに言った。「お乗りになればよいでしょう」

デイジーは暴発したように笑った。「そんな堅苦しいご意見、聞いたこともありません。ねえ、ウォーカーさん、こんなことで不埒《ふらち》だと言われるなら、おおいに結構、わたし不埒になります。そう思って、あきらめていただくしかありません。では、さようなら。どうぞ楽しくお乗りになっていってくださいね」それだけ言うと、デイジーは背を向けた。勝って慇懃《いんぎん》な挨拶をするジョヴァネリ氏と去っていく。

その後ろ姿を馬車の座席から見送るウォーカー夫人は、涙ぐんだ目をしていた。「さ、こちらへ」と、ウィンターボーンにも隣席に乗るよう手で促す。青年はミラー嬢を捨て置くわけにいかないと言った。すると夫人は、もし乗っていただけないなら、もう二度と口をききませんと断言して、それが冗談ではなさそうだ。ウィンターボーンはデイジーと連れの男を追いかけて、彼女に手を差し出しながら、どうしてもウォーカー夫人と同行するように求められたことを知らせた。おそらく自由奔放な返答があるのではないかと思った。つまり、ウォーカー夫人が人助けのつもりで阻止しようとした「見境のない」行動に、なおさら踏み込んでいくのではないかと予想した。だが彼女は握手には応じたものの、ほとんど目を合わせようともしなかった。ジョヴァネリ氏がわざとらしく帽子を振って、別れの身振りをつけていただけのことである。

ウィンターボーンは、ウォーカー夫人の馬車に同乗したものの、気を良くしていたとは言いがたい。「あれは上策ではなかったですね」と率直なことを言った。馬車は混み合う車列に合流する。

「ああいう場合には──」夫人が言った。「上策も何も、とにかく冗談じゃありません」

「ですが結果としては、彼女の気持ちを遠ざけてしまいました」

「いえ、あれでよかったんです」ウォーカー夫人は言った。「ああまでして身を誤りたいのなら、そうと早めに知らせておいてもらいましょう。こちらの対処も違ってきますから」

「悪気はないのでしょうけれど」

「ひと月前には、私もそう思いました。あとがいけません。行き過ぎです」

「というと、どのような?」

「この土地では慎むべきことを何でもやらかしてます。軽々しく遊び相手を見つけて、怪しげなイタリア人とひっそり坐り込んで、一晩ずっと同じ人と踊って、夜の十一時にも客を来させて。しかも客が来れば、あの母親は逃げちゃうんですからねえ」

「弟がいるでしょう」ウィンターボーンは笑った。「あの子も真夜中まで起きてます」

「さぞかし立派な情操教育になってましょうね。泊まってるホテルでは、いい噂だそうですよ。紳士の客が来てミラー嬢にお会いしたいと言うと、従業員の顔から顔へ薄笑いが伝わるんだとか」

「けしからん連中だ」ウィンターボーンは憤《いきどお》ってから、すぐに補足した。「あの娘の欠点と言えば、まるで無教養ということだけでしょう」

「無神経なんだわ。あれは生まれつき」ウォーカー夫人が断じた。「きょうだって初めからそうでしたよ。あなた、ヴェヴェーでは、どれくらいお知り合いになってたの」

「二、三日でした」

「たったそれだけでもって、あんなに頼んだのに帰っちゃった、なんていう言い方をしたのねえ」

ウィンターボーンは、しばらく黙ってから、また口を開いた。「どうでしょう、ウォーカーさん、私もそうなんですが、ジュネーヴ暮らしが長くなりすぎたのかもしれませんね」それから一つ教えてくれませんかとも言った。夫人が彼を馬車に乗せようとこだわったのは、どういう意図があってのことなのか。

「ミラー嬢とは絶縁なさるように願いたいと思って——と言いますか、へんに仲良くしない、これ以上に悪く目立つようなことをさせない、まあ、早い話が、もう放っときなさいということ」

「なかなか難しいですね」ウィンターボーンは言った。「あの人には、すごく好感がありまして」

「だったらなおさら、醜態をさらすような真似《まね》をさせなければよいでしょうに」

「私がどうこうしたところで、醜態も何もありませんが」

「あちらの受け止めようで、どうとでもなってしまいますよ。ともかく心配だったから来たのだという、そのことは申し上げましたからね」夫人は追い詰めるように言った。「それでも行くとおっしゃるなら仕方がない、もう下りていただきますよ。ほら、そう言えば、このあたり、ちょうどよささそう」

馬車が通過していた道筋は、ピンチョの丘の庭園が古代の城壁から張り出さんばかりの区域にあって、壮麗なボルゲーゼ邸の景観を望むことができた。丘の外縁として手摺《てすり》の壁がある。いくつかベンチも置かれていて、その一箇所にならんで坐る男女の姿が遠目にもわかった。ウォーカー夫人が、顎をしゃくるように、そっちの方角を示したのと同時に、この二人が立ち上がり、低い壁に近づいていった。ウィンターボーンは馭者《ぎょしゃ》に停まってくれと言った。ここで下りることにしたのである。それを黙って一瞥《いちべつ》した夫人は、帽子をとって挨拶するウィンターボーンを残して、超然と馬車を走らせていった。ウィンターボーンはその場に立って、すでに目はデイジーと付き添いの男に向けていた。この二人は相互に気を取られて、余人は眼中にないらしい。庭園の壁に達すると、まずボルゲーゼ邸に目を投げて、上部を平らに刈り込んだ松の木立を見ていたが、やがてジョヴァネリは物馴《ものな》れた様子で、分厚い壁の上面に腰かけた。反対側の上空から、横長の雲の隙間《すきま》を縫って、西日が光の束を射《さ》してくる。この男はデイジーの手から日傘を取って全開にした。すり寄ったデイジーに、この傘を差し掛けておいて、そのまま彼女の肩に軽く乗せたので、どちらの顔もウィンターボーンの目からは隠された。青年はわずかに足が止まっていて、それから歩き出した。日傘を差した二人とは違う方角へ——伯母であるコステロ夫人が居を定めている方角へ向かったのである。

IV

翌日、ミラー親子の滞在するホテルを訪ねて、夫人に会いたいという言い方をすると、従業員の顔に薄笑いは浮かばず、これでよしと彼は思った。しかし母も娘も留守というので、また次の日に出直すことにしたのだが、やはり会えずじまいで無駄足になった。そうこうして三日目の晩に、ウォーカー夫人のパーティがあった。主催者である夫人とは寒々しい別れ方になっていたウィンターボーンも、この場には出席した。ウォーカー夫人は、よくアメリカの女性には見られることで、外国暮らしをしながら、ヨーロッパ社交界の研究と称する活動に熱心である。この日のパーティでも、出身の異なる客を招いて、いわば生きた教材になりそうな人間の見本を取りそろえていた。ウィンターボーンの到着時にデイジーはまだ来ていなかったが、ほどなく母親が一人で、消え入りそうな哀れっぽい風情《ふぜい》になって、顔を出したのが見えた。その髪は、こめかみに掛かるほどの量もなく、そこから上だけで以前にも増して縮れている。ウォーカー夫人に近づこうとするので、ウィンターボーンも寄っていった。

「あの、きょうは一人で出てまいりまして」ミラー夫人は言った。「どぎまぎするばっかりですよ。まごついてしまって——。一人でパーティに出たことなんてないんです。ましてや外国なもんで。ランドルフか、ユージニオか、誰かしら来させてもよかったんでしょうけども、いいから行きなさいってデイジーに押し出されました。一人で出歩くのは苦手なんですが」

「ということは、お嬢さまにはご出席いただけないと思ってよろしいのでしょうか」ウォーカー夫人が睨《にら》みをきかすように言った。

「いえ、とうに支度はできてるんです」ミラー夫人の口ぶりは、いつもながら娘の生活史を記述するだけのようで、達観とも違うのだが、どこか他人事《ひとごと》めいていた。「夕食前から早手回しに着替えたんです。でも、お友だちが来ましたらね——ほら、イタリア人の、ここへ連れてこようとしてる方なんですよ、それで二人してピアノの前に行って、弾きだしたら止まらないみたいになって、あのジョヴァネリさんて人、みごとな歌声なんですねえ。あんまり遅刻しないように来てくれるとは思いますけど」ミラー夫人は最後に期待をにじませた。

「いえいえ、そうまで無理に来ていただくのでは——」ウォーカー夫人は言った。

「ええ、わたし、娘には言ったんです、三時間もあるんだから、そんなに急いで着替えなくていいじゃないのって。ジョヴァネリさんのお相手だけなら、そんな格好しなくたっていいのにと思いました」

ウォーカー夫人は、ウィンターボーンとの会話に転じてから、「えげつない」と言った。「いやがらせに悪ぶってるんでしょうね。このあいだ耳の痛いことを言われたんで、きっと仕返しのつもりですよ。いまから来たって口もきいてやりたくない」

そのデイジーは、十一時を回ってから来たのだが、こういう場面で人から話しかけられるのを待っているような、おとなしい娘ではなかった。さわさわと音を立てて進入した輝くばかりの美人が、大きな花束を持っていて、ジョヴァネリ氏に付き添われ、にこにこ笑って、ぺちゃくちゃしゃべっていた。誰もがぴたりと黙って目を向ける。彼女はまっすぐウォーカー夫人に歩み寄った。「きょうは来ないと思われたらいけないので、母だけ先に来させました。ジョヴァネリさんが練習する時間をとっていたんです。歌がすごく上手なんですよ。どうぞご所望ください。こちらが、そのジョヴァネリさん。もうご紹介しましたっけね。大変な美声の持ち主で、名曲の数々をご存じです。とくに今夜はしっかり予習することにして、さっきからホテルで盛り上がってました」というようなことを、デイジーは、ウォーカー夫人を向いたり、室内の面々を見回したりしながら、何ともはや甘く、明るく、よく通る声で言ってのける。その間、肩のあたりで、ドレスのネックラインに何度か手を当てていた。「知ってる人、来てないのかしら」

「あなたは知られてますよ」ウォーカー夫人が含みのあることを言って、ジョヴァネリ氏には、ほんの形だけ挨拶《あいさつ》をした。この男は紳士然としたもので、お辞儀をした笑顔から白い歯がこぼれた。口髭《くちひげ》をひねり、大きく目玉を動かし、夜会に出てきたイタリアの美男子たる役割を果たして抜かりない。あとでウォーカー夫人は、いったい誰が所望なんてしたのか知れやしないと、ぶちまけるように言うことになるのだが、この夜のジョヴァネリは数曲を披露して、なかなかの名唱を聞かせた。だがデイジーが指図していたとは考えにくい。デイジーはいくらかピアノとは距離を置いて着席したまま、あれだけ彼の歌声を喧伝《けんでん》していたというのに、その歌が続いている間にも、おしゃべりの声はやまなかったのである。

「ここは部屋が狭いのが惜しいですね。踊れませんもの」まるで五分前にも会ったばかりのように、ウィンターボーンに言った。

「僕はかまいませんよ。もともと踊りませんので」

「そう言えばそうでした。こちこちにお堅いんですから。ウォーカーさんと馬車に乗って楽しかったでしょう」

「いやいや、そんなことは。どうせなら、あなたと歩きたかった」

「でも二人ずつになって別れたんで、よかったじゃありませんか。それにしても、あのときのウォーカーさん、冷たいこと言ってましたね。ジョヴァネリさんを放ったらかして、わたしだけ馬車に乗れってことでしょう。それが常識だっていう理屈ですから。まったく考え方なんて人それぞれ。そんな薄情なことできるわけないのに。もう十日も前から、散歩しようって言われてたんですよ」

「いや、もともと慎むべきだったんです」ウィンターボーンは言った。「この国の若い女性にならら、ああして街中《まちなか》を歩き回ろうなんていう話は持ちかけられなかったでしょう」

「いけませんか」デイジーの声が高くなった。あの美しい目を見開いた顔をする。「街中がだめなら、どこを歩けばよかったんです。それにピンチョ庭園なら街中とも言えませんし、おかげさまで、わたし、この国の娘ではありません。この国の娘って、ちまちまと辛気くさい生活をしてるとしか思えませんよ。そんなのを手本にして、こちらが合わせるまでもないんです」

「といって、いまのままでは、単なる遊び好きでしかないでしょう」ウィンターボーンは深刻な言い方をした。

「だって、そうなんですから」また可愛《かわい》く笑ったような目で、しっかりと見つめ返してくる。「とんでもない遊び好きの、軽い女です。いい女は、どこかしら軽いですよ。そうでない人います？　あ、でも、いい女とは思ってないって言われるのかもしれませんね」

「そんなことは言いませんよ。いい女だと思えばこそ、そういう付き合いは、この僕とだけにしてもらいたい」

「あら、おっしゃいますねえ、うれしいこと。せっかくなので、ほかに誰もいなくなった場合には、考えさせてもらいましょう。すでにお知らせ申し上げているとおり、あなたは堅すぎるんで」

「また、そういうことを」

デイジーは愉快そうに笑った。「もし怒らせてあげられるなら、もう一度言ってもいいです」

「いや、結構ですよ。怒るとますます堅くなりますのでね。ただ、もし相手にしてもらえないとしても、せめてピアノの前にいるお友だちとは仲良くしないでいただきたい。そういうことは、ここでは理解されませんのでね」

「そういうことだけが理解されると思ってました」デイジーは奮然と言った。

「若い未婚女性の場合は違います」

「若くない既婚女性の場合こそ、不謹慎と言われてもよさそう」デイジーは譲らない。

「いやいや、郷に入っては何とやらで、土地ごとの習慣というものがあるのですよ。気軽に男と付き合うのは、まったくアメリカの習慣です。こちらにはありません。

ですから、ジョヴァネリさんと人前に現れて、お母さんの付き添いもないのだとすれば――」

「そんな、母がどうこうじゃないです！」デイジーは突っかかった。

「ご自分では気軽にお考えかもしれないが、ジョヴァネリさんはどうでしょうね。ほかに思惑があります」

「でも、何にせよ、お説教めいたことは言われません」デイジーは気負った。「どうしても知りたいとおっしゃるなら言いますが、わたしたち二人とも、遊んでるつもりではありません。そんなものじゃなくて、ずっと近しい間柄なんですから」

「えっ！」ウィンターボーンも言い返した。「もし恋愛関係ということなら、話は違ってきますね」

　さっきから遠慮のない話ができていたので、このように口走ったことが衝撃になるとは、まったく予想もしなかった。しかし、さっと立ち上がった彼女は、目に見えて紅潮していたのであって、彼はもう口にこそ出さなかったが、浮ついたアメリカ娘というものは、この世の何よりも奇妙にできていると心の中で叫んでいた。その彼にちらりと一瞥《いちべつ》をくれて、彼女は言った。「ジョヴァネリさんは、少なくとも、そんないけ好かないことを言う人じゃありません」

ウィンターボーンは困惑した。目を丸くして突っ立っていただけだ。すでに歌唱を終えたジョヴァネリ氏が、ピアノを離れてデイジーに寄ってきた。「あちらの部屋へ移りませんか。お茶などいかがです」この男らしい飾りものめいた笑みを浮かべて、腰をかがめる。

デイジーはウィンターボーンに目を向けながら、また笑顔になりかかっていた。いま笑うということをどう考えたらよいのか、ウィンターボーンは戸惑うばかりだったが、もし一つでもわかるとしたら、彼女には気性の優しいところがあって、たとえ腹が立ったとしても、すぐにまた優しくなれるということのようだ。「お茶をいかがなんて、ウィンターボーンさんには思いつく台詞《せりふ》じゃないでしょう」と小憎らしい言い方をしてみせる。

「こうしたらいかが、なんていう助言はしましたけどね」

「お茶にするわ。薄めがいい」と言い捨てて、デイジーは華麗なるジョヴァネリ氏とともに隣室へ行った。今夜はもう、分厚い壁の窓際《まどぎわ》で、この若い二人が坐《すわ》ったきりになって、なかなか面白いピアノ演奏があったというのに、まったく興味を示さなかった。いよいよデイジーが辞去しようとする段になると、その到着時には弱腰になってしまったウォーカー夫人も、今度はしっかりと強気に出た。もはや頑として取り合わず、どれだけミラー嬢が不面目に去っていこうが構わないものとしたのである。ドアの近くに立っていたウィンターボーンには、その様子がよく見えた。デイジーは蒼白《そうはく》になった顔を母親に向けたが、ミラー夫人は非礼を働かれたという知覚にもいたらない。自分では立派に決まりごとを守ろうとして、その謙虚な姿勢を見せたいだけで精一杯になっていた。「では失礼いたします。今夜は楽しゅうございました。娘とは別々に来ましたが、帰りは一人で行かせませんです」デイジーは青ざめた深刻な顔で、ドア周辺の人々を見やりつつ、身を翻《ひるがえ》して去った。とっさに怒ることもできないほど呆然《ぼうぜん》としたのだろう。そんなことを思って、ウィンターボーンもまた穏やかではいられなかった。

「だいぶ手厳しかったですね」

「どうせ二度と呼ばない人ですよ」というのがウォーカー夫人の返事だった。

この夫人の客間では、もはやデイジーに会える見込みがない。そこでウィンターボーンは折に触れてミラー夫人の宿泊先へ行ってみた。だが、母も娘も留守がちのようで、そうではないとしても、あのジョヴァネリがべったりへばりついていた。しかも、デイジーが応接用の部屋でローマの洒落者《しゃれもの》と二人きりになっていることが当たり前なのだった。どうやらミラー夫人の持論では、親は遠慮するほうが監督責任を果たしていることになるらしい。そんな場面にウィンターボーンが来合わせても、デイジーはまったく平気なのだから、それもおかしいと思っていたが、ほどなく逐一驚いていても始まらないという気がしてきた。彼女の行動は、予測がつかないとだけ予測できる。ジョヴァネリと差し向かいの談話を中断されても、いやな顔一つしない。話し相手が増えようと何のこだわりもなく、おしゃべりの口はなめらかだった。こわいもの知らずの子供のような話しぶりは、いつも変わることがない。もし彼女がジョヴァネリに真剣な関心を寄せているのなら、とウィンターボーンは考えた。二人だけの語らいに邪魔を入れまいとするのが普通だろうに、そうはならないのが不思議である。あどけないほどに無頓着《むとんちゃく》で、どこまでも屈託がなさそうだ。そんなところにも彼は好感を抱いた。なぜなのか判然とはしないのだが、あの娘には執着心というものがないのだろうとも思われた。さて、ここで読者の失笑を買うかもしれないと承知の上で、あえてウィンターボーンについて一点申し上げれば、これまでに彼の関心を惹《ひ》いた女性たちの場合には、事と次第によって女はこわくもなる――文字通りに、こわくなる――ということを何度となく思わされていたのだが、デイジーに対しては、そんな恐れのない安心感があった。ただし、それがデイジーへの讃辞《さんじ》になるとは限らないとも言っておかねばならない。ただ軽いだけの若い娘なのだろうという見方も彼にはあって、結局そういうことなのか、そうなってしまうだけなのか、と思っていた。

ともあれ彼女がジョヴァネリに入れ込んでいることは丸見えだ。この男が口をきけば、しっかりと顔を向けている。あれこれと注文を出して聞いてもらい、しょっちゅう茶々を入れてからかっている。ウォーカー夫人のパーティでウィンターボーンに苦言を呈されたことなどは、けろっと忘れているらしい。そして、ある日曜日の午後、ウィンターボーンが伯母に同行してサン・ピエトロ寺院へ出かけると、この大聖堂にデイジーの姿があった。あいかわらずジョヴァネリがお供をして歩いている。そっちに指先を向けながら、ああいう二人連れが来ていますと伯母に知らせたので、この夫人は片眼鏡越しにちらりと見やってから言った。

「だから、あなた、このごろ浮かない顔をしてるのねえ」

「そんな顔ですか。ちっとも知りませんでした」

「すっかり沈み込んでますよ、何やら考えごとのある顔だわ」

「はあ、その、けしからん考えというのは何でしょう」

「ですから、あの若い娘――何ていう名前でしたか、パン屋《ベイカー》、ロウソク屋《チャンドラー》――粉屋《ミラー》の娘が、見てくれだけの男と密会におよんでることですよ」

「あれでも密会なんでしょうか。おおっぴらに公衆の面前で会ってます」

「そこが愚かしい。ちっとも誉《ほ》められたことじゃありません」

「ええ、まあ」ウィンターボーンは言われたような浮かない顔になりかかる。「密会という言葉はどうなんでしょう」

「よく耳に入ってくるのよ。女のほうが夢中なんだとか」

「たしかに仲はいいですね」

コステロ夫人は、ふたたび片眼鏡を使って、若い二人組を観察した。「男の見映えはいいね。からくりも透けて見える。あの娘としては、こんなに高尚な人はいない、願ってもない紳士だ、とでも思ってるんだろうね。ああいう男に会ったのは初めてで、旅の案内人よりも上等ってことなんでしょ。そもそも案内人が引き合わせたのかもしれない。まんまとお嬢さんと結婚できたら、案内人もたんまり斡旋料《あっせんりょう》にありつける寸法だわ」

「お嬢さんに結婚という考えはないと思いますよ。あの男だって、そうは望んでいないでしょう」

「といって女に考えがなさすぎるからねえ。のんびりした昔の神話みたいに、毎日、いつ何時でも、お気楽に暮らしてるだけで、低俗きわまりない。下の下だわ。ということは——」と、コステロ夫人は、その先を言った。「どっちにどう転ぶかわからないんで、いきなり婚約したなんて話になってもおかしくない」

「そこまではジョヴァネリも欲張らないでしょうが」

「ジョヴァネリ？」

「あの小柄なイタリア人ですよ。いくつか聞き込んだこともありましてね。どうやら素姓は確かなようです。ちょっとした弁護士さんなのでしょう。ただし、一流人士の仲間入りをしているとは言えません。案内人に紹介されたという線はなくもないですね。ミラー嬢にぞっこん惚《ほ》れていることは見えてます。とびきりの紳士だと思われているとして、彼のほうでもまた、あれほど美貌《びぼう》に輝いて財力がものを言っている令嬢とは、初めて出会ったのでしょう。みごとに可愛らしくて興味の尽きない対象になっているはず。でも結婚の夢を見ているかというと、そこまで高望みはしていないと思います。顔立ちの良さだけが取り柄ですからね。相手方には、神秘のドルの国に、ミラー氏なる資産家が控えている。ジョヴァネリにしてみれば、体裁のよい身分がないのが弱みですよ。もし伯爵《はくしゃく》なり侯爵なりを名乗れるなら話は違うのに！　いまみたいな待遇をしてもらっているだけで、何たる幸運かと思っているでしょう」

「なるほど、いい顔のおかげってことね。ミラー嬢に対しては、ただ気ままに生きる娘だと見ている」コステロ夫人は言った。

「まあ、たしかに」と、ウィンターボーンは議論を詰めていった。「デイジーも母親も、いまはまだ——そう、何と言いましょうか——文化水準として、伯爵や侯爵をつかまえようと思いつく段階にはない、というのが正しいでしょう。そういう着想に頭が働かないと思います」

「でも、弁護士さんには、そうとしか思えないいんじゃないの」コステロ夫人は言った。

密会とまで言われる行動でデイジーがいかなる世評を巻き起こしているのか、この日のサン・ピエトロ寺院で、ウィンターボーンは充分な証拠を得ることになった。壁面を飾るように列柱が浮き出して、その一本に寄せた簡便な椅子《いす》にコステロ夫人が坐っていると、近づいて話しかけるローマ在住のアメリカ人が十人余りもいた。ちょうど晩課が行なわれる時間で、ほど近い聖歌隊席からの壮麗な声とオルガンの響きに包まれて夕べの祈りが進んでいた。その間、コステロ夫人が知己とかわす話の中に、ミラー嬢はまったく「行き過ぎている」ということが、たっぷりと盛り込まれていたのである。ウィンターボーンは聞いていて愉快ではなかったが、聖堂の大階段に出たところで、先に出ていたデイジーが評判の悪いお仲間と無蓋《むがい》の馬車に乗り込み、冷笑の目を浴びるローマの町筋に走らせていくのを見るにおよんで、たしかに行き過ぎだと考えざるを得なくなった。いかにも残念なことだ。しかし彼女がすっかり見境をなくしたと思ったからではない。あれだけ可憐《かれん》、無防備、天然な存在が、わけのわからない有象無象と一緒くたに低俗として語られることに心が痛んだ。その後、ミラー夫人にやんわり通報してやろうとしたこともある。コルソ通りで友人に出会った日だ。やはり旅行中で、ドリア宮殿の美術品をたっぷり見てから外に出てきたばかりの男が、宮殿内の一室に掛かっているベラスケスの傑作、インノケンティウス十世の肖像について語ってから、「ああ、そう言えば、その部屋で――」という話をした。「趣向の異なる別の絵も鑑賞させてもらったよ。先週きみが言っていたアメリカの美人がいたんだ」この友人は、さらに聞きたがるウィンターボーンに答えて、ますます器量の上がってきたアメリカ娘が、法王の肖像画を飾った特別室で、さる同伴の人物とならんで坐っていたことを語った。

「で、その同伴していたというのは？」

「小柄なイタリア人だった。ボタンの穴に花を挿している男だ。しかし、あの痛快なまでの美人は、きみの話を聞いた様子だと、てっきり上流のお嬢さんなのだろうと思っていたが」

「そうだとも」と応じてから、デイジーと連れの男が目撃されたのは五分ほど前でしかないことに念を押した上で、ウィンターボーンは馬車に飛び乗り、ミラー夫人を訪ねていった。夫人はホテルにいて、いまデイジーが留守ですみませんね、と言った。

「ジョヴァネリさんと、どこかへ行ってるんですよ。いつも二人で出かけてます」

「仲がよろしいことは存じてます」

「まったく、ねえ、一緒でないと夜も日も明けないみたいで。それにしても、あの方、紳士でいらっしゃるの。わたし、もう婚約なのよねって娘に言ってるんです」

「それで、デイジーは何と?」

「はあ、そこまではいかないって言うんですけど、そんなようなものじゃないかしら」と、その娘の親にして他人事《ひとごと》のように言う。「だって、そんな感じですよ。でもね、そうなったら、たとえ娘が言わなくても、ジョヴァネリさんの口からは言ってもらえることにしてあるんです。だって、主人には知らせないといけませんものねえ」

もちろん言わせなければ、とウィンターボーンは答えたが、母親がこんな調子では、監督する立場として史上に類を見ない無責任であり、この人に注意を促しても的外れでしかないとあきらめた。

その後、いつでもデイジーは不在ということになった。また、共通する知人の家で顔を見ることもなくなったのは、たしかに行き過ぎていると考えた人々がさりげなく見限ったせいだろう。どこの家にも招かれなくなった。デイジー・ミラー嬢は、アメリカの娘であるけれどもアメリカ代表どころではなく、同国人から見ても異常な行動をしている。その大事なことをヨーロッパ人にも観察しておいてもらいたい、という雰囲気が出ていた。こうまで冷ややかな処遇を受けて、彼女がどう感じているのかとウィンターボーンは思いながら、あるいは何も感じないいくらい鈍いのかもしれないと気を揉《も》むこともあった。ふわふわと子供じみている、無教養にして無思慮である、広い世界を知らない。だから自分が排斥されているというのに、それを省みることがなく、気づいてさえもいないのだ……。いや、そうではない、と思い直すこともあった。あの優美で能天気な小型の生命体には、反骨と情熱と完璧《かんぺき》な観察力のある意識が内蔵されていて、自分の産み出す印象などは、とうに承知の上ではないのか。では、その反骨心とは、自分に疚《やま》しいことはないと思えばこそなのか、そもそも無茶をしたがるだけの若さであると考えるべきものか。いくらウィンターボーンが紳士の対応をとろうとしても、そろそろデイジーの「純真」を信じてやることには無理があると思えてきたのは否《いな》めない。すでに述べたところではあるが、この若い娘のことで、彼は何やかやと理屈をこねるようになっていて、そういう自分が腹立たしくもあった。本能として判断をつけられないことがもどかしい。彼女の奇行は、どこまでアメリカの通例であるのか、どこまで個人に帰するべきなのか。ただ、どう見るにせよ、彼には手がかりらしきものがない。そしてもう手が届かなくなっていた。彼女はジョヴァネリに「持って行かれて」しまっている。

ところが、デイジーの母親とわずかに言葉を交わしてから、まだ何日ともたたぬうちに、その娘と花咲く廃墟《はいきょ》で出くわすことになった。かつて皇帝が住んでいた壮麗な宮殿の跡地である。春になったローマの大気に馥郁《ふくいく》とした香りが漂い、萌《も》え出た緑が遺構だらけのパラティーノの丘にやわらかな覆《おお》いを掛けている。そんな古代遺跡の丘の上に、そぞろ歩くデイジーがいたのだった。この丘のどこにでも、苔《こけ》むした大理石が積まれ、碑文がひしめいている。このときほどにローマが美しく見えたことはない。彼方《かなた》に目をやると、都市の全体を取り巻くように、輪郭と色彩が協調して心を奪う遠景が繰り出されていた。体内に吸い込む空気もしっとりとして香《かぐわ》しい。若々しい季節と古めかしい土地が、不思議に渾然《こんぜん》となりつつ、あらためて存在感を見せていた。そしてまたデイジーもこれまで以上に美しく見えていたが、そのように思うのは会えば毎度のことである。きょうもジョヴァネリが同伴していて、この男までが常にも増して輝かしい。

「あら」デイジーが言った。「お淋《さび》しいんじゃありません？」

「淋しい？」

「いつもお一人みたいですもの。一緒に歩く人、見つからないんですか？」

「あんまり幸運な男ではないのですよ」ウィンターボーンは言った。「そちらのお相手ほどには」

そのジョヴァネリは、当初からずっと、低姿勢を保っていた。ウィンターボーンが口を開けば謹聴して、それが冗談であれば律儀《りちぎ》に笑った。若い男性として格下のつもりであることを態度で示していたのである。求婚を争う敵愾心《てきがいしん》めいたものは曖《おくび》にも出さない。よほどに知恵が回るのだろう。人を見て下手に出るくらいは何とも思っていない。さらにはまた、ちゃんと心得のある者として、それとなくウィンターボーンに伝えたいことがあるようにさえ見えた。ご承知おき願えれば安心だと言いたいのかもしれない。このお嬢さんが特別製であることは存じておりまして、その方とアメリカの財産込みで結婚しようという大それた幻想は抱いておりません、ということだ。ふらりと離れていった男は、花をつけたアーモンドの小枝を折り、そっと丁寧にボタンの穴に挿した。

「そうおっしゃるのは、つまり――」デイジーの目はジョヴァネリを追っている。

「二人で出歩いてばかり、ということですね」そっちを向いた顔が、あの人と、というように動いた。

「そう、あえて言うなら、もっぱらの評判です」

「どうぞ、おっしゃってください」デイジーは真剣な声を出した。「でも、ちょっと違うんじゃないですか。けしからんと言ってる人は、ただ言ってるだけで、わたしのすることなんて本当はどうでもいいんです。それに、言われるほど出歩いてやしません」

「どうでもいいということにはならないでしょう。いずれ見せつけられますよ。いやな思いをさせられて――」

デイジーはちらりと彼を見た。「いやなって、どんな?」

「まだ何も気づきませんか?」

「気づいてます。あなたのこと。会ってすぐに気づきました。お堅いですよね。傘が突っ立ってるみたい」

「そうでもないとわかりますよ。もっと堅い人がいます」ウィンターボーンはにこやかに言った。

「どうしたらわかるかしら」

「会ってごらんになればいい」

「それで、どうなります？」

「冷ややかに遇されます。どんなものか、おわかりですね？」

デイジーはじっと彼を見据えている。顔色が変わってきた。「いつぞやの晩の、ウォーカーさんみたいに？」

「その通り」

彼女はジョヴァネリを見やった。この男はアーモンドの花の体裁を気にしている。彼女はウィンターボーンに目を戻して、「そんなことされて、ただ泣き寝入りなんでしょうか」

「さて、どうにも」

「おっしゃりたいことでもありそう」

「あります」彼はわずかに間を置いた。「お母さんから聞いてますよ。娘は婚約したものとお考えのようだ」

「ええ、母はそうです」デイジーはあっさり言ってのける。

ウィンターボーンは笑いだした。「では、ランドルフはどうです?」

「弟は何にしても真に受けたりしないでしょう」とデイジーが言うので、あの子は懐疑派なのかと思ったウィンターボーンは、さらに笑いたい気分だった。ジョヴァネリがまた近づいてくるようで、デイジーもそうと見ながら言った。「だったら、この際、申し上げますけれど、はい、婚約いたしました」ウィンターボーンは彼女の顔を見た。もう笑っていられない。「……どうせ真に受けませんでしょ」

彼はふと黙ってから、また口を開いた。「いや、受けますよ」

「あらやだ、そんな」という反応があった。「婚約なんて、してません」

この若い娘は案内に立つ男と遺跡の出口に向かったので、いま来たばかりのウィンターボーンは、ここで二人と別れることにした。それから一週間後、彼はチェリオの丘にある美邸で晩餐《ばんさん》の客となって、往路は馬車を雇ったのだが、着いてまもなく馭者《ぎょしゃ》には待たなくてよいと言った。せっかくの魅惑の宵に、歩いて帰るのも一興だと思ったのである。コンスタンティヌスの凱旋門《がいせんもん》をくぐり、薄ぼんやりしたフォロ・ロマーノの遺跡を抜けていった。だいぶ欠けてきた月は、さほどに明るくない。

その月に薄雲の帳《とばり》がかかって、光はおぼろげに、均一に、散らばっていた。夜の帰り道（十一時である）に大きな丸い影となって浮かぶコロセウムにさしかかって、もともと絵画調の情趣を愛好するウィンターボーンは、うっすらと月光を浴びた内部を見ておくのも悪くないという気になった。ふらりと道を折れて大建築に寄っていくと、さるアーチ状の入口付近に無蓋の馬車が一台、しばらく停車中というように見えた。ローマではめずらしくもない小型の辻馬車《つじばしゃ》だ。この入口から大洞窟《だいどうくつ》に踏み込んだような暗がりの先には、闘技場が静まり返って広がる。この場所にこれほどの感銘を受けたことはない。巨大な円形の闘技場は、その半分が深々とした影に沈んでいた。もう半分はほんのり明るい薄闇《うすやみ》の中に眠っている。この場に立った彼は、バイロンの『マンフレッド』から、よく知られた詩句を口ずさんだのだが、それが一段落するまでに、ほかに思いつくこともあった。夜のコロセウムでもの思いに耽《ふけ》るという行為は、詩人なら勧めるだろうが、医者は止めようとするだろう。この雰囲気には、たしかに長い歴史がしみついている。だが、その歴史のまつわる空気とは、医学の見地からすれば、悪性の毒気にすぎなかろう。ウィンターボーンは闘技場の中央に進み出た。ざっと一渡り見てから、すぐに退散しようと思ったのである。中央に立つ大きな十字架はすっぽりと濃い闇に包まれて、近づかないと輪郭がわからないほどだった。十字架には階段状の台座がある。そこに二つの人影が見えた。一人は女だ。これは坐っている。その連れは女の前に立っていた。

まもなく女の声がした。生暖かい夜気の中で、彼の耳にまで届いてくる。「その昔のライオンか虎《とら》みたいに、こっちを見てるわ。殉難するキリスト教徒って、こんなふうに睨まれたのかしら」という言葉が聞こえた。それとわかるデイジー・ミラー嬢の口ぶりだ。

「あまり腹を空《す》かせてないといいですね」と応じたのは、才走ったジョヴァネリである。「まず私が先に食われましょう。あなたはデザートということで」

ウィンターボーンは、ぞっとするような嫌気が差して立ち止まった。それでいて安堵《あんど》らしきものを覚えたとも言わねばならない。このときまでデイジーの行動には解釈に苦しんでいたのだが、いわば瞬時に光が射《さ》したおかげで、はらりと謎《なぞ》が解けたような、これなら読めるという気がしたのである。つまり、紳士たる者が強いて敬意を向けるほどの女ではなくなった。その彼女を見て、連れの男を見て、彼は立っていた。こちらからは曖昧《あいまい》にしか見えずとも、その二人からは案外はっきり見えているだろう、とまでは考えが回っていなかった。デイジー・ミラー嬢をどのように見たらよいのか、ずっと思い悩んでしまったことが、いまにしてみれば腹立たしい。さらに近づきそうになって、あえて足を止めた。彼女を厳しく見すぎることを恐れたのではない。もはや斟酌《しんしゃく》無用と吹っ切れた自分が、はしゃいでいるように見られたらいやだと思ったのだ。いま来た道を引き返して出ていこうとしたら、またデイジーの声がした。

「やっぱりウィンターボーンさんじゃないの。気づいていて知らん顔なんだわ」

身持ちはどうあれ利口な娘だ。いかにも器用に、傷ついた純情を装《よそお》ってみせる。だが知らん顔とまで言われてはかなわない。ウィンターボーンは向き直って、大きな十字架に近づいていった。もうデイジーは立ち上がっている。ジョヴァネリがひょいと帽子を上げた。いまのウィンターボーンには、こんなことは狂気だという考えしか浮かばない。衛生上の観点からしても、か弱い娘がマラリアの巣窟《そうくつ》というべき場所で夜の時間を潰《つぶ》すとは、まったく常軌を逸している。たとえ身持ちが悪くて利口なだけであっても、熱病で死んでよいという理屈にはならない。「いつからここにいるんです?」いささか言葉がきつくなった。

デイジーは月下に映える美人の顔になって、ウィンターボーンにちらりと目を投げた。「ええ、今夜はずっと……」穏やかな答えを返す。「こんなに素敵なもの、初めて見ました」

「そうは言っても、ローマの熱病は、あまり素敵だとは思えないでしょう。こんなところにいたら、そういうものに罹《かか》ります。それにしても——」と、ジョヴァネリに向けて言った。「地元のことはご存じでしょうに、よくもまあ、とんでもない不注意を放任していられますね」

「あ、いや」見かけのよいローマ人が言った。「私としては、たいしたこともないかと」

「あなたは、どうでもよろしい。このお嬢さんのことを言っている」

ジョヴァネリは形の良い眉《まゆ》を持ち上げて、白く輝く歯を見せたが、ウィンターボーンの譴責《けんせき》にはおとなしい態度をとった。「シニョリーナには大変な不注意ですと言いました。だからといって慎重になるお方でしょうか」

「わたし、病気なんてしたことありませんし、そうなる気もしません」このシニョリーナは断固として言う。「これでも見かけより丈夫です。どうしても月夜のコロセウムを見たくなって、見ないうちは帰らないつもりになって。でも、ほんとに来てよかった、こんなに楽しかったことありませんよ、ね、ジョヴァネリさん。もし危ないことがあったとしても、ユージニオが何かしら薬を持ってるはずだわ。特効薬みたいなもの」

「しかし悪いことは言いませんから」ウィンターボーンは忠告してやった。「もう馬車を急がせるとよろしい。お帰りになって、その薬とやらを飲んでおかれることだ」

「いやはや、ごもっとも」と、ジョヴァネリの返答があった。「では、馬車に支度をさせます」と急ぎ足に出ていく。

そのあとからデイジーも出口に向かった。ウィンターボーンが歩きながら見ていると、彼女には一向に悪びれた様子がない。ウィンターボーンは何も言わず、デイジーはこの場所の美しさを語りたがった。「やっと月夜のコロセウムを見られたわ」と声を大にする。「これで一つ、いいことがあった」ところがウィンターボーンが黙ったままなので、どうして口をきかないのかと言った。それでも彼は答えず、ただ笑いだした。暗いアーチ状の空間を抜けようとしている。先に行ったジョヴァネリが馬車とならんでいた。デイジーはわずかに立ち止まって、アメリカの青年に顔を向けた。「このあいだ、わたしが婚約してると思いました?」

「僕がどう思ったかなんて、もういいでしょう」ウィンターボーンはまだ笑っている。

「だったら、いまはどう思います?」

「いま思えば、婚約しておられるのかどうか、どちらでも変わりませんね」

アーチ型になった通路のみっしりした暗闇で、美しい眼差《まなざ》しに見据えられるような気がした。言葉での返事もありそうだったが、ジョヴァネリが彼女をせき立てて「早く、早く」と言った。「真夜中までに戻れば、大丈夫」

デイジーは馬車の座席について、その隣に幸運なイタリア人が坐った。ウィンターボーンは「ユージニオの薬をお忘れなく」と言って帽子を持ち上げた。

「どっちでもいいような」デイジーがおかしな小声で言った。「ローマの熱病に、罹っていても、いなくても――」ここで馭者がぴしりと一鞭《ひとむち》くれたので、古代の舗装の名残をとどめる道に、馬車の車輪が回りだした。

ウィンターボーンは――この男にあらぬ疑いを掛けないように言っておけば――

深夜のコロセウムで男性同伴のミラー嬢に出くわしたなどと、余人の耳には入れていなかった。それでも数日のうちに話が洩《も》れたようで、彼女がそうやって出かけたことは、小さなアメリカ人社会にあまねく知れ渡って応分の論評を受けていた。もちろん噂《うわさ》の出所はホテルだろうとウィンターボーンは考えた。デイジーが帰り着いてから、馬車の馭者とホテルの従業員が軽口をたたき合ったに違いない。だが、そう思う一方で、遊び好きなアメリカ娘が口さがない連中にどう言われようと、いまさら心苦しい事態ではないということも承知していた。ところが一両日を経て、さすがに聞き捨てならないことが、人の口にのぼった。あのアメリカ娘が急病で予断を許さないという。そうと耳にしたウィンターボーンは、事情を確かめるべくホテルへ飛んでいった。すると二、三の心優しき先客もいたのだが、ミラー夫人の客間で受け答えしていたのはランドルフである。

「夜中に出歩いちゃったから――。そういうことするから病気になった。しょっちゅう夜中に歩いてる。どうかと思うんだよね。めちゃくちゃ暗いってのに。こっちの夜は、何にも見えない。月が出ないとしょうがない。アメリカだったら、いつでも出てる！」ミラー夫人の姿は見えなかった。こうなってはもう娘にぴたりと付き添っているのだろう。それだけ重篤《じゅうとく》であるということだ。

ウィンターボーンは様子を知ろうとして再三足を運び、一度だけミラー夫人との面会にいたった。夫人は憂慮を深めながらも——彼には意外の感があったが——まったく取り乱していなかった。看護の手際がよく、分別もあるらしい。またしてもデイヴィス医師の話をさんざん聞かされることになったが、ウィンターボーンは口には出さずとも、この人だって突拍子もない愚物というだけではなかったと、それなりに誉《ほ》めてやりたい気がした。その夫人が「このあいだデイジーがあなたの話をしましてね」と言った。「うわ言みたいになることも多いんですが、あのときは違いました。言付けを頼むなんて言うんですよ。いい男のイタリア人とは婚約なんてしてないと言ってくれって——。それでよかったんだと、わたしも思います。ジョヴァネリさんたら、娘が寝ついて以来、わたしらに近づこうともしません。なかなかの紳士だと見込んでましたのに、失礼しちゃいますよ。さる御婦人に教えられましたが、あの人、娘を夜に連れ回したんで、わたしに怒られると思ってるらしいんです。そりゃ怒ってますけど、おとなしい女だってことも知られてるでしょう。ええ、叱《しか》りつけるような真似《まね》はいたしませんよ。ともかく、娘は婚約していないそうです。それをお伝えするように望んだわけはわかりませんが、なにしろ『きっとウィンターボーンさんに、そのように』って三度も言われましてね。それから、あの、スイスでお城へ行ったことを覚えてるか聞いてくれとも言ってました。そんな取り次ぎまでさせるのかい、って言ったんですけど。でも、まあ、もし婚約してないとわかれば、おおいに結構ですわねえ」

ところが結局は、ウィンターボーンが言ったように、どちらでも大差ないことになった。一週間後に娘は世を去ったのだ。熱病としても重症の例だった。デイジーが埋葬されたのはローマの新教徒墓地である。帝政時代の城壁が迫る一隅で、糸杉の下に咲く春の花々に埋もれることになった。ウィンターボーンも会葬したのだが、若い女が世間を騒がせて生涯を閉じたわりには、意外な人数が集まっていた。ほど近いところにジョヴァネリもいて、ウィンターボーンが立ち去ろうとすると、なお近く寄ってきた。蒼白な顔をして、きょうばかりはボタンの穴に花がない。何やら言いたげな様子で、ようやく口に出した。「あれほど美しい人、あれほど気立てのよい人は、ほかに知りません」それから一瞬の間を置いて、「あれほど純粋な人」とも言った。

ウィンターボーンは、この男に目を合わせて、いまの言葉を返した。「あれほど純粋？」

「あれほど純粋！」

ウィンターボーンにやりきれない怒りがあった。「そういう人を、なぜ悪疫《あくえき》の巣に案内した」

ジョヴァネリは、あくまでも洒脱な姿勢を崩さない。ちらりと視線を地面に落としてから、「私には不安がなく、あの方がお望みでしたので」

「そんな理屈があるか」

とらえどころのないローマ人が、また目を落とした。「もし生きておられたとしても、私が得をすることはなかったでしょう。私との結婚など、まるで考えられなかったはずです」

「彼女に、その気がなかった？」

「いくらか脈もあるのかと、ふと思ったりもしましたが、いけませんね。全然」

その言い分を聞きながら、ウィンターボーンは土を見つめて立っていた。四月のひな菊《デイジー》が咲く中に新しく盛り上がった箇所がある。もうよかろうと思って目を外すと、すでにジョヴァネリは飄然《ひょうぜん》と去っていた。

　ウィンターボーンは、その後まもなくローマを離れたのだが、夏になって、ふたたびヴェヴェーに滞在する伯母を訪ねた。コステロ夫人はこの町がすっかり気に入っていた。それまでにもウィンターボーンは、デイジー・ミラーについて、その不可解だった素行について、幾度となく考えることはあったのだが、ある日、伯母と話しながら彼女の件に触れて、まともに扱ってやれないままになったのが心苦しいと言った。

「わからない話をするわねえ」コステロ夫人は言った。「あなたの扱いようで、あの人がどうかなったとでもいうの？」

「生前に私への伝言があったのです。それを聞かされて、どういうことだと思ったのですが、やっとわかるような気がしてきました。おそらく自分のことをしっかり見てもらいたかったのでしょう」

「それは、つまり——どなたかが好意を抱いていたから、それに応《こた》えるつもりだったかもしれないと、やんわり言っている？」

　この問いかけにウィンターボーンは返事をしなかったが、ほどなく口を開いて、

「去年の夏におっしゃったことは、たしかに当たっていましたね。僕が何かしら間違えるというお見立てでした――。やはり外国暮らしが長くなりすぎたのでしょう」

そうは言いながら、彼はジュネーヴでの暮らしに戻っていった。その町に居続ける動機については、いまなお食い違った説明が聞こえてくる。「学問」に励んでいるという説があれば、きわめて利口な外国人女性に入れ込んでいるのではないかとも言われる。

「デイジー・ミラー」序文

ヘンリー・ジェイムズ

本稿は「ニューヨーク・エディション」と通称される、一九〇七年から〇九年にかけてスクリブナーズ社から刊行された選集第十八巻の序文のうち、「デイジー・ミラー」に関する部分を抄訳したものである。当該巻には「デイジー・ミラー」など十篇が収録されている。(編集部)

一八七七年、秋のローマでのことだった。筆者の知り合いの女性で、当時はローマに在住し、現在ではさほどに名所旧跡がひしめくとも言いかねる南方に居を移している人が――ひょっこり思いついて言ってしまったのだろう――前年の冬に来たアメリカの御婦人が、ただ素朴なだけで、ものを知らなくて、という話をした。その婦人には娘がいた。いかにも自然の子、自由の子だったのだが、母親に同伴してホテルを泊まり歩く旅の途中で、およそ心に一点の曇りもないままに、ある得体の知れないローマの美男子を「拾った」という。この男は意外な果報に驚きつつも、おとなしく素直な人物になりきって（母と娘の行動範囲としては、おそらく最大限にまで）連れ回され、お披露目されていた。そんなことが、少なくとも、ある小事件にいたるまでは続いたようだ。ちょっとした社交界の歯止めが働いたということだが、それ自体はさして重大な案件ではなく、筆者もよく覚えていない。母と娘については、人が好いというほかに、これといって特記すべきものはなさそうだ。この話に出た以外には聞いたことがなく、たしか名前も挙げられていなかったのではないかと思う。ありふれた教訓をわからせる一例となったにすぎないが、その平凡きわまりないというところに、鉛筆で目印をつけるだけの余白も生じていた。このような文脈にあっては、もはや作家の性癖として「ドラマにせよ、ドラマにせよ」との趣旨で書きつける心覚えである。それから数カ月のちに、目印の意味を考慮した結果として、『デイジー・ミラー』なる小史ができあがった。春になったロンドンで執筆し、筆者の記憶ではどうという条件もつけずに、さる雑誌の編集長に御覧いただこうとした。フィラデルフィアで発刊されていた雑誌である。筆者の寄稿にも好感を抱いてくれているはずだった。ところが編集長氏は（歴史家としても知られた人物だが）こちらから送ったものを即座に送り返してきて、また何らの論評も付されることがなかったので、当時の筆者としては、いささか暗澹とする思いであり、いくらか説明らしきものがあってしかるべきではないかとも思った。そうこうして、ある友人にも参考意見を求めるつもりで読んでもらったら、そのフィラデルフィアの批評子には「アメリカの若い女性への冒瀆《ぼうとく》」としか思えなかったのだろうという判断がなされた。なるほど参考になったと言おうか、びっくりするような光を当てられたものだが、まもなく筆者には、もう一つ読めることもありそうな気がしてきた。この作品は、冒瀆と見なされるまでに不届きであったことに加えて、まず何よりも中篇《ヌーヴェル》というほどの長さだったから、編集部に嫌われるのも無理はないという好例だったのだろう。その後、筆者が書いた中では、あのデイジーこそ、どうにか成功というに近いと思って悦に入ることはあったのだが――なにしろ、ついに出版に至ってから、たちまちボストンで海賊版を出されるというほどの成功でもあって、そんな栄誉に浴することは後にも先にもなかったので――筆者が創作した人物として最も評判になったのであろう娘が、ようやく世に出たばかりの時点でさんざんな酷評を浴びていたとは、いかにも皮肉なことであると後々まで思わずにはいられなかった。ともあれ、けしからん出来なのだと念を押されていた娘も、それ以上には長く待たされることなく、筆者の畏友であり、いまは故人となったレズリー・スティーヴンの度量ある計らいを得て、『コーンヒル・マガジン』誌に二回に分けての連載という運びになった（一八七八年）。

この雑誌発表の際に、あるいは以後の再刊にあっても、作品名には「習作」という副題がついていた。当時の筆者がどういうつもりだったのか、いまとなっては曰く言いがたいと申し上げるしかないが、あのヒロインの名前だけでは何となく平板に思えたのかもしれない。また、彼女の物語自体が言ってしまえば平板なのであって、どこにどう山場が来るというものではない。そう思って読んでいただきたいという断り書きとして添えたのだろう。じっと考えるだけの作品なのである。しかも扱おうとする題材は、ほとんど取るに足らず、一見して低俗でもある。いや、そうであっても、じっくり手間をかけて見てやれば、どうしてこんなところにと思うような魅力を引き出せないともかぎらないのだが、ともあれ今回は副題をつけないことにする。この小品は話の展開で読ませようとするものではない、というより遠慮も会釈《えしゃく》もなく詩であろうとしている。そういう筆者自身にも当初から見えていたはずの単純明快な真実に鑑《かんが》みて、もう注釈めいた副題は取りやめる。ここで一つ思い出すのは、だいぶ後になってから、なるほど時は移ろうものだと思わされた出来事である。筆者はふたたびイタリアにいた。ヴェニスを訪れて、その日は、当時知己を得ていた女性と同行させてもらっていた。おもしろい人だったが、すでに物故されている。さて、大運河《カナル・グランデ》でゴンドラに乗って、いくらかの待ち時間ができた。そのあたりのホテルから水際へ下りる階段には、にぎやかな人出がある。ちょっとしたテラスと言うべき場所があって、これを絶好の舞台としたように目立っていたのが、二人の若い娘だった。もし自然の子、自由の子がいるとするなら、あのようなものだろう。大勢の目がある中で、またゴンドラに坐っていた筆者たちの眼前で、そのような資質を存分に発揮したものだから、もう一人、同じ舟の客となっていた友人の口から、これぞ本当のデイジー・ミラー、そういう実物を見せられているとしか思えない、との発言が引き出されることになった。すると、わが知人たる女性がすかさず反論におよんだので、いま筆者が時の移ろいと言ったものが如実《にょじつ》に浮かんできたのである。「ああいう手合いと比べるのは無理ですわよ。あの小説の人物像でよからぬ点は一つだけ。とんでもない類型を扱いながら感動的に作り替えたところですね。詩のような仕上げのせいで、読む人が判断を迷わされてしまって、どうという判断もつかなくなったんです」そこまで言うと、この淑女にして評論家となった人は、小説を書いた当人に向き直った。「ですよね、ああいうお話にしてしまえば、ずいぶん嘘《うそ》がありますでしょう。もともとお考えになっていて、いやというほど観察の時間があったはずのものを、すっかり変えておられます。きれいにねじ曲げられたと言いましょうか、こちらはもう誑《たぶら》かされてしまって、どう見たらよいのかわけがわからなくなったのですから、つまり、よく書きすぎたということですよ。――とは言うものの、魅力なり感動なりがあるなら、それだけは結構だと思いますので、まあ一応、勘弁してあげましょう。でも、ご自身のロマンを無駄にしてはいけませんよ。もう何度となく、そんなことをなさってるじゃありませんか。その観察とやらだって、とりあえずは虚心に見ていたのが、なんだか突き動かされたように見始めるから、せっかく情理がわかってきて、その真実が袖を引いてくれていても、いつもの癖は治らず、どうしても上品に作りたくなる。何というか、もう身に染みついているのですね。形を整えて、きれいにして、哀しくする――どうかすると的外れで滑稽になることも、ないとは言えませんけどね。想像力がありすぎるってことかしら。ああしてホテルの前でふざけてるお嬢さんたち、あれこそが本物のデイジー・ミラーだったんです。あなたがお書きになった娘はというと、残念ながら――いくら何でも、ああまで世間知らずで要領のわからない人なんて、実際にいたはずがないのですよ」というような話をされたので、筆者からも思うところを言わせてもらったが、その逐一はともかく、ここでは主旨を述べるにとどめよう。筆者が書いて世の典型のように見なされがちだった若い女性像は、たしかに詩としての産物であり、それ以外の何物でもないと言わざるを得ない。想像力とはそのようなもので、わずかでも作用してくれたら、詩の方面へ向かうだろう。かつては読んだ人の反応がひどかったが、それとこれとは別だということも、ついでに言っておいた。さりとて、この時点では、どうでもよくなっていた話である。

訳者あとがき

英米文学史のどちらにも出てくるヘンリー・ジェイムズは、十九世紀後半から二十世紀にかけて、英語小説が発展する方向を大きく決めた立役者である。いわゆる心理主義的リアリズムを先導して、全知の語り手ではなく、ある視点人物の意識から世界を見るような方法を確立していった。ニューヨークの生まれ（一八四三年）だが、幼い頃からヨーロッパとの往復があり、結局はイギリスに居住して、死去（一九一六年）の前年にはイギリスに帰化していた。『デイジー・ミラー』は初期の代表作で、発表当時から評判となり、たちどころに海賊版が出たくらいだが、また現在でも、著者の数多い作品中、随一の人気作と言える。たしかにジェイムズとしては読みやすい部類だろう。ヨーロッパ在住の青年が、旅行中のアメリカ娘と知り合って、淡い恋心を抱くものの、結局、その娘は……という筋書きを追うことは難しくない。そして、自由奔放なのか、純真無垢なのか、この「アメリカ」がヨーロッパの壁にぶつかって滅びるという地区別対抗戦めいた解釈も、とりあえずは有効である。その上で、男女の心の動きはどうだったのか、どのように見える相手を、どのように読んだのか、読みきれなかったのか、という小説としての面白さを味わっていただければ、訳者としては幸いである。

新潮文庫の旧版に親しんだ読者は、見た瞬間に、おかしいと思われるかもしれない。そちらは第一部と第二部に分かれていた。おそらく最も早い時期のテキストが底本とされたのだろう。原作が二度に分けて雑誌に発表されたことを反映していたと思われる。今回の新訳では、雑誌発表の翌年にイギリスで刊行された書籍版に依拠している。それで第一章から第四章までの四分割になったが、いわば大きく二幕に分けてあった芝居が、さらに二場ずつに分かれたようなもので、実質的に大きな違いはない。前半はスイスのヴェヴェー、後半はローマを舞台にしている。

そんな説明を兼ねて、細かい話をしておくと、英語の原作が世に出たのは、イギリスの雑誌『コーンヒル・マガジン』に連載された一八七八年のことである（六月号〜七月号）。その翌年にはアメリカとイギリスで、それぞれハーパー社、マクミラン社から出版された。本文そのものの異同は、ほとんど句読点や綴字《ていじ》の差にすぎないとも言える。ただし、翻訳に影響をあたえる例がないわけではない。冒頭でスイスのホテルから見えている夏のアルプスの山頂は、ハーパー版までは「陽にかがやく（"sunny"）」だったが、マクミラン版からは「雪の消えない（"snowy"）」に変わっている。

また著者は晩年に大規模な自選集を編んだ（全二十四巻）。これは『ニューヨーク・エディション』と言われるもので、『デイジー・ミラー』はその第十八巻に収められた（一九〇九年）。ここでは本文の随所に変更が施されていて、もはや控え目に言っても増補改訂、大げさに言えば初期のジェイムズを後期のジェイムズが翻訳したという印象がある。日本語訳の底本としては、初期版のいずれか、さもなくば後期版、という大きく二者択一の判断をすることになろう。管見によれば、作品の魅力を味わうには清新な初期版を良しとする説が強いようだ。それに訳者も賛同して、一九〇九年版をちらちらと参照しつつ、一八七九年版から訳すことにした。だがシンプルな初期版で解釈に迷う場合に、長たらしい後期版がニュアンスの補足をしてくれることも（たまには）ある。

『ニューヨーク・エディション』の各巻には、その収録作を解説した序文がついている。解説とはいえ後期のジェイムズらしい込み入った文章なのだが、その中で『デイジー・ミラー』には、もともと話のタネがあったことが書かれている。一八七七年秋に聞いた実際の母娘の話があるらしい。それを翌年の春に作品化した。この作品化したということが大事なのであって、当時のヨーロッパに見られた現実のアメリカ娘を、ただ写したということではない。ある小さな現実をきっかけに、そこから成分を抽出し、結晶のように固めている。まったく「詩」になったとさえ著者は言う。そして、もし詩であるならば、初期のテキストが好ましい。後期版は全体に言葉数が多く、もってまわった説明というような気味がある。人物の名前さえも長くなる（フレデリック・ウィンターボーンにフォーサイスというミドルネームがついているとわかるのは後期版だけ）。本書では右記の序文から『デイジー・ミラー』に関わる部分だけを抄訳して付録とした。なお著者が注釈をするように、初期の『デイジー・ミラー』には、“A Study”（習作）という副題がついていたが、これは旧訳と同じく、今回も邦題には含めない。

さて、いままで気づかなかったのは迂闊《うかつ》だが、実際に訳してみれば、いやでも気になることがあった。この作品は現在形で始まって現在形で終わっている。翻訳の都合によるのではなく、原作の最初と最後の文がそういう時制になっている。つまり、のちにジェイムズが開拓していく方法とは違って、ここでは「私」と称する語り手がしっかりと存在を保っているのであり、その語りの時点から「二、三年前」の（夏と冬、そして春までの）出来事が、いわば現在という額縁に過去の絵を入れたように語られる。ただし、語り手にしても何でも知っているわけではなさそうで、あまり断定的な物言いをしない。ウィンターボーンという男を読者に紹介しておいて、物語のほとんどの部分では彼に視点を委《ゆだ》ねながら、たまに「私」と名乗って口を出すという位置にいる。額縁の中のウィンターボーンは、デイジーを見ながら、いかなる存在なのか解釈しようとする。もしデイジーが（著者が自序で言うように）一篇《ぺん》の詩なのだとしたら、そのテキストを読もうとしたのがウィンターボーンである（ただし彼もまたデイジーから、また語り手から、見られている）。この男も真面目《まじめ》一方の堅物ではなさそうだが、どれだけデイジーを読めたのか。彼自身にも、なかなか本能や直感が働かないもどかしさはあるようだ。夜の遺跡にいたデイジーが、彼からは「曖昧《あいまい》に（“vaguely”）しか見えず」（一二〇ページ）というのは示唆《しさ》的かもしれない。デイジーはもっと上手に読まれたかったのかもしれないが……。

また、この「詩」は、大きく二つに分かれた前半と後半で、人物の配置、風景の構図に、まるで韻を踏んだような類似性がある。しかし単なる繰り返しにはならない。詩は最後に韻を踏みはずして、スイスのシヨン城で地下牢《ちかろう》をのぞいていたデイジーは、土地柄として魅惑と毒気の強いローマでは、夜の遺跡へ行ったあとで自身が地下に埋まることになる。本文では訳注をつけることを避けたが、ここで参考までに記せば、デイジーの死因となった「ローマの熱病」すなわちマラリアは、その語源がイタリア語の「悪い空気《マラ・アリア》」であるように、当時は空気伝染するものと考えられていた。魅力たっぷりの旅行先であるローマは、じつはマラリアの本場としても知られていたのである。

そのほか、翻訳中に気になったことを、いくつか記しておく。デイジーが一人で出歩きたがるといって批判するウォーカー夫人が、自分では馬車に乗る人なのに、その名前だけは「歩く人《ウォーカー》」であるのは、ただの言葉遊びと考えてよいのだろうか。それとも著者はわざと皮肉な言い方をして馬車の意味を際《きわ》立たせようとしているのか。たしかに馬車に乗れば、それだけの安全空間を確保することになる。歩いているデイジーにとっては、せいぜい日傘くらいしか空間を仕切る道具がない。歩くという行動は、デイジーの独立心と脆弱性《ぜいじゃくせい》をよく表している。

デイジーは「鼻筋のきれいな顔」（二四ページ）をしている。原文の形容詞で言えば"charming"なのだが、いくら美人の鼻でも、表現としては普通なので、あまり強烈な印象は残らない。しかし、ウィンターボーンの伯母であるコステロ夫人を見ると（三二ページ）、その顔には"a high nose"がついている。これを「高い鼻」と言ったら、ほとんど誤訳になる。英語で high と nose を組み合わせるのはめずらしい。顔面にせり上がる高さとして目立つのだろう。もちろん誉め言葉ではない。一方、デイジーの母親たるミラー夫人の鼻（四四ページ）は大変に"exiguous"だとされている。そう頻繁に見かける語ではなく、いわんや鼻への形容としては異常である。いかにも低く小さく、鼻としての存在感がない。そして前者の頭には大量の白髪が載っていて、後者の髪はちょろちょろと薄く生えている。両者の家格（および性格）を反映した顔立ちとして、その表現には、もはや戯画的なまでの落差がある。デイジーの家は裕福であっても社交界の序列としては高が知れていて、それだけに恋愛を政略的に考えることもないらしい。自由だ、とは言える。

どのように訳したらよいか最後まで迷ったのは、デイジーが埋葬《まいそう》された墓（“grave”）である。結局、本文では「墓」という言葉を使わないことにした。ここでは「土」が大事だと思うからだ。日本語の「墓」には墓石のイメージがつきまとう。その分だけ日本人には誤解しやすい場面になっているかもしれない。英語の「墓」は埋葬のために掘り下げられた場所である。デイジーの「墓」は糸杉および花の下にあることになっているが、糸杉はともかく花よりも下ということは、地下を考えるのが妥当だろう。また後期版のテキストでは「デイジーに墓が見つかった（“A grave was found for her.”）」と書かれているくらいなので、著者の念頭にあったのは（少なくとも主眼としたのは）あくまで埋葬の用地であって、死者を記念する構造物ではないということが、ますます明らかになる。ところが著者は、彼女の墓に“the raw protuberance”という風変わりな描写をする。「生々しい隆起」とは何のことか（ちなみにprotuberanceの語感については、現代の辞書よりも十九世紀半ばのウェブスターに明解な記述がある）。これが新しい墓標のようなものを指すとは思えない。緩やかな傾斜で地面が盛り上がって見えている。それが春のひな菊《デイジー》に囲まれているということで、もう答えは一つしかないだろう。その「盛り上がり」もデイジーである。花が咲く地面を掘って、その穴に彼女を置いて、また土を埋め戻した。ウィンターボーンが見下ろしているのは、冷たく静止した石ではない。デイジーの身体が（たとえ棺《ひつぎ》に収まっているとしても）地面を押し上げている形状が、「盛り上がり」の正体だ。草花の生命感とも相俟《あいま》って、この場面でこそデイジーがエロティックなのではないかとさえ訳者は思う。

こうして旅の終着点になった「新教徒墓地」とは、いわばローマの外人墓地であって、カトリック以外の客死した人を葬《ほうむ》る場所である。だから原文では定冠詞つきで出てくる。「とあるローマの墓地」という意味ではない。ここでアメリカ娘はヨーロッパの土に埋もれた。その土壌になじむのか、まだ押し合いを続けているのか、なかなか判断は難しい。

『デイジー・ミラー』が初めて新潮文庫に収められたのは、一九五七年、いまから六四年も前になる。当時の訳者は西川正身。まったくの偶然とはいえ、今回の訳者は西川先生の孫弟子にあたる。いわば一門の末席を汚《けが》しておいて、大師匠の演目を盗んでしまったのだが、そのような巡り合わせになったことに、おおいに恐縮しつつ、素直に喜びたい気もしている。そして直接の恩師である渡辺利雄先生に、あらためて感謝申し上げる次第である。

二〇二一年二月

小川高義

本作品は訳し下ろしです。

H・ジェイムズ
小川高義訳

ねじの回転

イギリスの片田舎の貴族屋敷に身を寄せる兄妹。二人の家庭教師として雇われた若い女が語る幽霊譚。本当に幽霊は存在したのか？

ヴェルヌ
村松潔訳

海底二万里（上・下）

超絶の最新鋭潜水艦ノーチラス号を駆るネモ船長の目的とは？　海洋冒険ロマンの傑作を完全新訳、刊行当時のイラストもすべて収録。

サリンジャー
野崎孝訳

ナイン・ストーリーズ

はかない理想と暴虐な現実との間にはさまれて、抜き差しならなくなった人々の姿を描き、鋭い感覚と豊かなイメージで造る九つの物語。

サリンジャー
村上春樹訳

フラニーとズーイ

どこまでも優しい魂を持った魅力的な小説……『キャッチャー・イン・ザ・ライ』に続くサリンジャーの傑作を、村上春樹が新訳！

スティーヴンソン
田口俊樹訳

ジキルとハイド

高名な紳士ジキルと醜悪な小男ハイド。人間の心に潜む善と悪の葛藤を描き、二重人格の代名詞として今なお名高い怪奇小説の傑作。

スティーヴンソン
鈴木恵訳

宝島

謎めいた地図を手に、われらがヒスパニオーラ号で宝島へ。激しい銃撃戦や恐怖の単独行、手に汗握る不朽の冒険物語、待望の新訳。

ディケンズ
加賀山卓朗訳

オリヴァー・ツイスト

オリヴァー8歳。窃盗団に入りながらも純粋な心を失わず、ロンドンの街を生き抜く孤児の命運を描いた、ディケンズ初期の傑作。

ディケンズ
加賀山卓朗訳

二都物語

フランス革命下のパリとロンドン。燃え上がる激動の炎の中で、二つの都に繰り広げられる愛と死のロマン。新訳で贈る永遠の名作。

C・マッカラーズ
村上春樹訳

結婚式のメンバー

多感で孤独な少女の姿を、繊細な筆致と音楽的文章で描いた米女性作家の最高傑作。村上春樹が新訳する《村上柴田翻訳堂》シリーズ。

ランボー・コクトー
ジッド ほか 著
芳川泰久・森井良
中島万紀子・朝吹三吉 訳

特別な友情
―フランスBL小説セレクション―

高貴な僕らは神の目を盗み、今夜、寄宿舎の暗がりで結ばれる。フランス文学を彩る美少年達が、耽美の園へあなたを誘う小説集。

A・M・リンドバーグ
吉田健一訳

海からの贈物

現代人の直面する重要な問題を平凡な日常生活の中から取出し、語りかけた対話。極度に合理化された文明社会への静かな批判の書。

フィツジェラルド
野崎孝訳

グレート・ギャツビー

豪奢な邸宅、週末ごとの盛大なパーティ……絢爛たる栄光に包まれながら、失われた愛を求めてひたむきに生きた謎の男の悲劇的生涯。

J・ウェブスター
岩本正恵訳
あしながおじさん
孤児院育ちのジュディが謎の紳士に出会い、ユーモアあふれる手紙を書き続け——最高に幸せな結末を迎えるシンデレラストーリー！

J・ウェブスター
畔柳和代訳
続あしながおじさん
お嬢様育ちのサリーが孤児院の院長に?! 慣習に固執する職員たちと戦いながら、院長としての責任に目覚める——。愛と感動の名作。

M・ミッチェル
鴻巣友季子訳
風と共に去りぬ（1〜5）
永遠のベストセラーが待望の新訳！ 明るく、私らしく、わがままに生きると決めたスカーレット・オハラの「フルコース」な物語。

ジョイス
柳瀬尚紀訳
ダブリナーズ
20世紀を代表する作家がダブリンに住む人々を描いた15編。『フィネガンズ・ウェイク』の訳者による画期的新訳。『ダブリン市民』改題。

カポーティ
河野一郎訳
遠い声 遠い部屋
傷つきやすい豊かな感受性をもった少年が、自我を見い出すまでの精神的成長の途上でたどる、さまざまな心の葛藤を描いた処女長編。

カポーティ
大澤薫訳
草の竪琴
幼な児のような老嬢ドリーの家出をめぐる、ファンタスティックでユーモラスな事件の渦中で成長してゆく少年コリンの内面を描く。

E・ブロンテ
鴻巣友季子訳

嵐が丘

狂恋と復讐、天使と悪鬼――寒風吹きすさぶ荒野を舞台に繰り広げられる、恋愛小説の恐るべき極北。新訳による〝新世紀決定版〟。

ヘミングウェイ
高見　浩　訳

老人と海

老漁師は、一人小舟で海に出た。やがて大物が綱にかかるが。不屈の魂を照射するヘミングウェイの文学的到達点にして永遠の傑作。

マーク・トウェイン
柴田元幸訳

ジム・スマイリーの跳び蛙

―マーク・トウェイン傑作選―

現代アメリカ文学の父であり、ユーモア溢れる冒険児だったマーク・トウェインの短編小説とエッセイを、柴田元幸が厳選して新訳！

G・グリーン
上岡伸雄訳

情事の終り

「私」は妬心を秘め、別れた人妻サラを探偵に監視させる。自らを翻弄した女の謎に近づくため――。究極の愛と神の存在を問う傑作。

カ　ミ　ユ
宮崎嶺雄　訳

ペスト

ペストに襲われ孤立した町の中で悪疫と戦う市民たちの姿を描いて、あらゆる人生の悪に立ち向うための連帯感の確立を追う代表作。

サ　ガ　ン
朝吹登水子訳

ブラームスはお好き

美貌の夫と安楽な生活を捨て、人生に何かを求めようとした三十九歳のポール。孤独から逃れようとする男女の複雑な心模様を描く。

サガン
河野万里子訳
悲しみよ こんにちは
父とその愛人とのヴァカンス。新たな恋の予感。だが、17歳のセシルは悲劇への扉を開いてしまう——。少女小説の聖典、新訳成る。

サン＝テグジュペリ
堀口大學訳
夜間飛行
絶えざる死の危険に満ちた夜間の郵便飛行。全力を賭して業務遂行に努力する人々を通じて、生命の尊厳と勇敢な行動を描いた異色作。

サン＝テグジュペリ
堀口大學訳
人間の土地
不時着したサハラ砂漠の真只中で、三日間の渇きと疲労に打ち克って奇蹟的な生還を遂げたサン＝テグジュペリの勇気の源泉とは……。

S・モーム
金原瑞人訳
月と六ペンス
ロンドンでの安定した仕事、温かな家庭。すべてを捨て、パリへ旅立った男が挑んだものとは——。歴史的大ベストセラーの新訳！

S・モーム
金原瑞人訳
ジゴロとジゴレット
—モーム傑作選—
『月と六ペンス』のモームは短篇の名手でもあった！ ヨーロッパを舞台とした短篇八篇を収録。大人の嗜みの極致ともいえる味わい。

S・モーム
金原瑞人訳
英国諜報員アシェンデン
国際社会を舞台に暗躍するスパイが愛と裏切りと革命の果てに立ち現れる人間の真実を目撃する。文豪による古典エンターテイメント。

新潮文庫最新刊

宮本輝著
野の春
―流転の海 第九部―
完成まで37年。全九巻四千五百頁。松坂熊吾一家を中心に数百人を超える人間模様を描き、生の荘厳さを捉えた奇蹟の大河小説、完結編。

堀井憲一郎著
流転の海 読本
宮本輝畢生の大作「流転の海」精読の手助けに、系図、地図、主要人物紹介、各巻あらすじ、年表、人物相関図を揃えた完全ガイド。

村田沙耶香著
地球星人
あの日私たちは誓った。なにがあってもいきのびること――。芥川賞受賞作『コンビニ人間』を凌駕する驚愕をもたらす、衝撃的傑作。

藤田宜永著
愛さずにはいられない
'60年代後半。母親との確執を抱えた高校生の芳郎は、運命の女、由美子に出会い、彼女との愛と性にのめり込んでいく。自伝的長編。

町田そのこ著
夜空に泳ぐチョコレートグラミー
R-18文学賞大賞受賞
大胆な仕掛けに満ちた「カメルーンの青い魚」他、どんな場所でも生きると決めた人々の強さをしなやかに描く五編の連作短編集。

奥田亜希子著
リバース&リバース
ティーン誌編集者・禄と、地方在住の愛読者・郁美。出会うはずのない人生が交差するとき、明かされる真実とは。新時代の青春小説。

Title : DAISY MILLER
Author : Henry James

デイジー・ミラー

新潮文庫　シ‐5‐1

Published 2021 in Japan
by Shinchosha Company

令和三年四月一日発行

訳者　小《お》川《がわ》高《たか》義《よし》
発行者　佐藤隆信
発行所　株式会社新潮社
郵便番号　一六二‐八七一一
東京都新宿区矢来町七一
電話 編集部(〇三)三二六六‐五四四〇
読者係(〇三)三二六六‐五一一一
https://www.shinchosha.co.jp

価格はカバーに表示してあります。

乱丁・落丁本は、ご面倒ですが小社読者係宛ご送付ください。送料小社負担にてお取替えいたします。

印刷・三晃印刷株式会社　製本・株式会社植木製本所

ISBN978-4-10-204104-8 C0197